大活字本シリーズ

遠い昨日、近い昔

森村誠一

《上》

埼玉福祉会

遠《とお》い昨日《きのう》、近《ちか》い昔《むかし》

上

装幀　巖谷純介

目次

I

戦火のスタンド・バイ・ミー

熊谷市に生まれる

昭和八年（一九三三）、埼玉県北の小さな町に私は生まれた。二・二六事件の少し前で大正リベラルが薄くなり、軍国主義の色彩が濃くなりつつある時代であった。

私の郷里熊谷市は、夏はフライパンの上で焙《あぶ》られるように暑く、冬は赤城颪《おろし》の寒風が関東平野に吹き下ろし、春先はフェーン現象によって関東ロームの砂埃《すなぼこり》が空を黄色に染めた。

年中行事が多く、特に夏のうちわ祭は全国的に有名で、各町内から市内を練り歩く山車《だし》や屋台が〝叩《たた》き合い〟と称する、鉦《かね》、太鼓、笛の音の喧嘩《けんか》を交わす。四季折々、めりはりがあった。

私の生家は本町通り（現在の国道17号）に面する足袋《たび》屋の老舗であったが、父親は当時モボ（モダンボーイ）と称《よ》ばれた新し物好きで、キャバレーや、個人タクシー会社に転業した。

当時の個人タクシーは珍しく、車庫にはアメリカ製のシボレーやオールズモビルなど、いまならクラシックカーとして珍重されるような三台が並んでいた。運転手を雇い、父自身も運転して、我が家は裕福であった。

二・二六事件以後、世界的に戦雲が慌《あわ》ただしくなり、軍国主義が国民生活を圧迫するようになってきた。当時の少年（少女を含む）に絶大な人気のあった「少年倶楽部《クラブ》」（講談社）も昭和十四年以降から急激に薄くなった。

父親は本好きで、我が家には大人の本が豊富にあった。小学生の私は教科書には目もくれず、大人の本を読み耽《ふけ》っていた。そして将来は作家になりたいとおもうようになった。

小学校五年生のとき、綴《つづ》り方（作文）の時間に、男女が接吻《キス》する恋愛小説を書いた。先生が仰天し、

「こんな綴り方を書いてはいけない」

と説教された。だが、私には、教科書よりも、意味はよくわからないながらも「大人の本」のほうが興味があった。

太平洋戦争勃発

　そして昭和十六年十二月八日、真珠湾の奇襲と共に太平洋戦争が勃発した。アメリカの太平洋艦隊を撃滅したと高々と報道され、日本全国、提灯《ちょうちん》行列が練り歩いた。勝った、勝った、と国民は浮かれ立ち、軍国色が全国を塗り込めた。

　パールハーバーの奇襲に乗って、「進め一億火の玉だ」と、国民精神総動員的な潮流に、なんの疑いもなく全国民が参加していった。反戦平和を唱える少数の自由主義者、社会主義者、共産党員たちは、非国民、売国奴、国賊などとレッテルを貼られて、弾圧された。

大東亜共栄圏、日本を盟主として欧米列強に対応するアジアの繁栄や、八紘《はっこう》一宇（日本を家長として世界を一つの家とする）を戦時標語として戦争が拡大され、日本の戦争は聖戦であり、正義の戦いである、と国民は洗脳されていった。

真珠湾奇襲後、連戦連勝の勢いに乗って日本海軍は、真珠湾で逃した米空母群に止《とど》めを刺すべく、次の的をミッドウェイに絞った。

この作戦に動員した海軍の戦力は、兵力、物量、経験、兵員の練度等、世界最大最強の大艦隊であり、太平洋戦争を通して、只一度、米艦隊を圧倒した。

どう見ても米艦隊に勝ち目はなく、日本軍部は勝利を疑わなかった。

だが、正規空母四隻を同時に失うという大惨敗を喫し、それ以後、米軍が太平洋を飛び石伝いに反攻に出る。ミッドウェイの惨敗は大本営によって秘匿され、その戦果は拡大され、我が方の損害は軽微と報道されて、国民は勝利に沸き立った。ミッドウェイ以後、連戦連敗の急坂を転がり落ちながら、国民は報道がデマであることを感じ取った。損害が軽微は大損害のこと、若干は大敗、転進は退却、玉砕は全滅。国民が知りたい戦争の実相は軍事機密としてすべて伏せられた。

国民には政治的、思想的、基本的人間の自由は一切許されず、聖戦と称した戦争を遂行するために、「一億総動員」が求められた。

当時、日本には自由という言葉は、東京の自由が丘の地名にしか残っていないほどに、自由が圧殺された時代であった。

英語は敵性語であるとして駆逐され、野球やボクシング、その他のスポーツ用語や芸名、食品名なども、珍妙な日本語に置き換えられた。私は英語が好きで、当時としては上手な方であったので、アメリカのスパイと言われた。

帝国大学の教授は、映画は敵性の芸術であるから禁止すべきであると、大真面目に主張する時代であった。

当時、「贅沢は敵だ」という戦争標語が国民の合言葉のようにされていた。美しい晴れ着に装った若い女性が街を歩いていると、愛国婦人会と称する過激派婦人団体によって袂を切られた。パーマネントもタブーであった。女性が美しく装うことは、日本の方針に背く反逆のように見なされた。

これに反発した一人の国民が、夜間密かに「贅沢は敵だ」のポスターに「素」という一文字を書き加えた。たった一文字によって、「贅沢は素敵だ」というまったく逆になった標語に、国民は喝采を送った。国民はそれほど生活を締めつける戦争に飽き飽きしていたのだ。

私が八歳、昭和十六年十二月八日から、十二歳の昭和二十年八月十五日までの約四年間、子供心に戦争の非人間性を痛感した。

居候文化

当時のタクシーにはメーターがなく、客を乗せる前に商談を交わして、成立すると目的地に向かって発車した。

父親は気前がよく、帰り車には無料で客？　を乗せた。ただ乗りの乗客の中にはヤクザ、駆け落ち中の板前、自称大学教授、子供連れの若い女性、夜逃げ一家など、多彩であり、行く先がないと聞くと、父親は彼らを我が家に連れて来た。

二階の奥に六畳間があり、そこは父親が連れ込んだ食客（居候）の居所になっていた。

彼らは大抵一日〜数日、長い人は半年ぐらい我が家に滞在して、いずこへともなく発《た》って行った。しばらくは感謝の音信があったが、時間の経過と共に疎遠となった。

父が連れ込んだ客たちは、せめてもの謝意として居候文化を残していった。

板前は料理の作り方、自称教授は私に算術（数学）や哲学、古文法、ギリシア神話などをおしえてくれた。当時小学生であった私に、大学教授の家庭教師が付いていたのである。

長期滞在の記録をつくった教授は、かなり有名な学者だと父親が言っていた。

ヤクザが私に伝助賭博（インチキ博奕《ばくち》）をおしえていたのを見た母親は、烈火の如《ごと》く怒って、ヤクザを追いだそうとした。

食客が置いていった本も多い。母親は、そんな本を読んではいけないと禁じたが、当時の本は総ルビ（すべての漢字にルビを付ける）であり、小学生でも大人の本が読め、なんとなく本が伝えようとしている大意がわかった。

私の家はタクシー会社であったため、軍人たちがよく遊びに来た。学徒出身らしい見習い士官が多く、リベラルな学舎からいきなり軍に動員されて、軍人の意識の薄い者が多かった。

彼らは、この戦争に疑いを持つ者が多く、上官の手前、隠してはいたが、まだ学生の尾を残していた。

「こんな馬鹿《ばか》げた戦争のために、死ぬことはできない」

と言う者が多く、この戦争は間もなく終わると小声で洩《も》らした。

「『生等《せいら》今や、見敵必殺の銃剣を提げ、積年忍苦の精進研鑽《けんさん》を挙げて悉《ことごと》くこの光栄ある重任に捧《ささ》げ、挺身以《ていしんもっ》て頑敵を撃滅せん。生等もより生還を期せず』……ふん、馬鹿言うんじゃねえよ。見敵必殺の銃剣が足りず、玩具の銃を担いで、頑敵を撃滅せんだと？　ふざけやがって。玩具の木銃《もくじゅう》を担いで、Ｂ29（超大型爆撃機）や戦艦を相手に、どう戦えというんだ」

学徒出陣壮行会の際の答辞を復唱して、あらためて怒りだす見習い士官もいた。私は、意味はよくわからなかったが、玩具の木銃を担いでＢ29や戦艦と向かい合う学徒たちを想像して、気の毒になった。

彼らによって戦争の正確な情報が我が家に集まってきた。

食べ物も乏しくなり、能天気な父親が連れ込む食客たちを養うために、母親はかなり苦労したらしい。

戦火の鍋猫

昭和二十年に入ると、全国焦土と化すべくB29は毎日のように姿を現し、地方都市に焼夷弾《しょうい》の雨をばらまいた。

すでに日本の連合艦隊はほぼ絶滅し、反撃能力はほとんどなくなっていた。

毎夜のように警戒警報が発令されて電灯が消され、日本列島は暗黒に包まれた。

敵機が近づくと空襲警報が発令され、各家防空壕に避難した。どこの家からも戦死者が出ていた。

食物の配給は極端に乏しくなり、通行人は決して空を見て歩かない。常に地面を見ながら歩けば、落ちた柿や、芋の欠片《かけら》や、野菜の切れ端など可食物（食えるもの）が落ちていることがあるからである。犬や猫の姿が少なくなり、犬鍋や猫鍋にされているという噂が立った。

我が家には累代〈こぞ〉という名の猫がいて、乏しい配給を割いて猫にやった。なるべく外へ出さぬようにした。まさかとはおもうが、猫鍋にされる危険があったからである。

そんな環境の中でも、我が家には本があった。父や食客や見習い士官たちが買ってきたり、置いていった本を、私は読みつづけた。

月に一回、町の書店で本の配給があり、長蛇の列がつづいた。一人一冊、三百人までと限定されても、行列はつづいていた。私もその列に加わった。

配給される本は大抵、漱石や、『三太郎の日記』や、お上お仕着せの戦意高揚の小説であった。それでも活字に飢えている読者は、自分まで番は来ないと知りながらも、行列に並びつづけていた。

昭和十九年十一月末ごろから、B29の編隊は、一万メートル前後の高々度から、飛行機製作所を爆撃し、中小五十七の地方都市がターゲットにされるようになった。そして熊谷の近くにある群馬県太田町の零戦の製作所が目標にされた。

昭和二十年代に入ると戦争は断末魔的様相を帯びてきた。全国の地方都市が次々に爆撃された。終敗戦までの間、浜松、千葉、甲府、宇都宮、水戸、高崎、八王子などの近隣都市が相次いでやられた。次は我が町の番だと噂になり、市民は戦々恐々となった。それでも我が町は地方諸都市に比べてしぶとく生き残っていた。

命をかけても本が読みたい

そんな戦火の下で、私の最大の楽しみは読書であった。当時の図書館には、良い本（純文学系）ばかりが並べてあって、エンタメ系（特に探偵小説、風俗小説、恋愛小説、漫画など）は欠片《かけら》もない。

だが、町には本の好きな少年が散らばっていた。読書少年の間には、その方面の情報があり、超学校的に手持ちの本を携え、相手の少年の家に行き、〝商談〟が成立すると貸しっこをした。当時の「少年倶楽部」昭和七年版から十年版にかけてはその全盛期で、これ一冊で数冊の本を借りられた。

私が生まれた昭和八年では七月号だけが欠けていて、情報網を駆使して必死に探したが、読書少年たちのだれもが持ち合わせていなかった。

あきらめかけたとき、隣り町の肉屋の一年上級の少年が、その七月号を持ち合わせているという情報を得て、彼に交渉に行った。彼は、

「七月号なら持っているよ」

と言ったが、すぐには貸してくれなかった。どうしても七月号を読みたかった私は、それから一年間、彼の〝家来〟となって仕えた。だが一年後、彼が七月号を持っていないことがわかった。

どうしてもあきらめられなかった私は、最も読みたい七月号中の欠落している一作を、六月号と八月号を精読して、私なりに書いて埋めた。その原稿は大切に保存していたが、郷里が被災したとき焼燬《しょうき》された。

後年、講談社が復刊した七月号を入手して読んでみたが、一年家来となって仕えたほどではない内容に、がっかりした。だが、あの当時の執念が、その後の作家生活を支えてくれたような気がする。

このように苦労して借り集めてきた本を読むのが、私の最大の楽しみであったが、学校に教科書以外の本を持ち込んで読むことはできない。昼間は周囲が騒がしく、夜になってから読んだ。

これから読もうと、苦労して借りてきた本と向かい合ったとき、警戒警報が発令されて電灯を消された。

当時「灯火《とうか》管制」と称《よ》ばれて、一点の光も許されない暗黒の中で、いつかわからぬ解除の時間を待っていた。解除されれば、とにかくその夜は一命を拾ったことになるが、さらに空襲警報がつづくと、生命の安全は保障されない。

そんな一夜を過ごして、朝になると芋や短麵（折れた乾燥麵）、その他の代用食（本来の食物ではない食えるもの）を猫と分けて食べる。

家の中には、平和な時代に自由に買えた菓子やクッキーが入っていた空き箱や缶がある。鼻を近づけると、かすかに菓子やクッキーの旨そうな匂いが残っている。その匂いを嗅ぎながら、中身を満載していた当時をおもい浮かべた。

おいしいものをいっぱい詰め込んだ菓子箱を自由に買える日が再び来るだろうか。菓子の空箱から、なんでも欲しい物が買える平和な時代を想像するのが、私の楽しみであった。

一億非人間的日常

昭和十九年末から二十年終戦前後にかけて、国民は、生活ではなく生存していた。国民の能力すべてが戦争と戦力に集中され、それ以外の文学、音楽、演劇、映画、スポーツ、陶芸、美術、化粧、服装、宗教、趣味や嗜好などの芸術や娯楽や自由は、公用以外には圧殺された。

そんな非人間的な生活環境の中にも日常、四季はあった。季節は確実に巡り、全国が焦土と化しつつあっても、桜前線はしっかりと北上して来た。

晴れた日、Ｂ29の編隊が、高空へ飛行機雲の帯を引きながら銀色に輝いた。もはや日本には、その大編隊を迎撃する能力はなかった。巨大な破壊力を含んだ悪魔の大編隊も、荒廃した地上から見上げると、美しい幻影のようであった。

私は、その敵機に乗って高空から我が町を見おろしたいと思った。もはや迎撃のない、蒼すぎて暗いような、安全な高空を、光の破片のように煌《きら》めきながら悠然と飛行する敵機の編隊は、凶悪な悪魔ではなく、頼めば乗せてくれそうな平和の使者に見えた。

それを証明するかのように、Ｂ29は時どき爆弾や焼夷弾の代わりに無数の紙片をばらまいた。

それは伝単《でんたん》と称《よ》ばれる、日本国民にこれ以上の交戦は意味はない、と降伏を呼びかけるチラシであった。警察は、それを拾うことも読むことも禁じ、速やかに警察署に提出するように命じた。

伝単を散布された都市は、その数日後に空襲されている。国民はすでに、大本営発信の、マスメディアが伝える情報を信じなくなっていた。新聞やラジオよりも米軍が散布したチラシを信用して、避難を始めている。

私も伝単を拾いたかった。私にはそのチラシが、高空を飛ぶＢ29に便乗を許す切符のように見えたのである。だが我が町には舞い降りて来なかった。

その間に沖縄が陥落し、いよいよ本土決戦という最後の姿勢を強制されるようになった。

大本営と提灯報道に騙されつづけてきた国民も、ようやく日本が向かい合っている深刻な事態を察知した。それでも神国日本が敗けるということを絶対に信じない国民も少なくなかった。

だが、軍部がいかに神国日本の不敗をアピールしても、戦争が国民生活を圧迫し、一億非人間的な生活環境に追いつめたことは否定できない事実であった。戦争は国民の生活だけではなく精神を奪い、それぞれの人生を破壊していた。

私にとって、いや、私だけではなく、日本国民にとって、戦争は日常になっていた。理不尽な時代の非人間的な日常に、私は、いつの間にか馴れていた。

Ⅱ

一望の焦土から希望の光

軍事強盗

祖父母がやっていた足袋屋をやめ、カフェ（いまのカフェと異なりキャバレーのようなもの）に続いてタクシー屋を開業した私の父は、個人タクシーの先駆者であった。

父が連れて来た乗客転じて食客の中に、山下清によく似た、小肥りで丸坊主の食客がいた。無口でよく絵を描いていた。一ヵ月ほど滞在して、何枚かの絵を残し、またふらりと出て行った。父は大層その絵が気に入って大切にしていたが、戦災で焼失してしまった。後年、山下清が有名になって、父は我が家の食客が彼にちがいないと言い張り、焼失した絵をとても残念がった。

私の父は極度の近眼で徴兵を免れ、予備役に回されていた。昭和十九年の終わり、戦勢ますます厳しくなったころ、突如、我が家の商売道具、車は一台も残さず徴発された。時価千円を超す外車を一台七十円で、国のためと称して否応なく軍に奪われてしまったのである。すでにガソリンも払底していて、燃料は木炭に切り替えられていたが、商売道具をすべて軍に徴発されて、父は失業者になってしまった。父は悔しがって、

「よくおぼえておけ。これが軍の正体だ。『国のため』という免罪符

を突きつけて、千円の車を七十円で略奪して行く。なにがお国のためだ。国民の持ち物を否も応もなく奪って行く強盗じゃないか」と怒った。

我が家に集まっていた見習い士官もほとんどいなくなり、生計の道具を失った父は、仲の良かった市長に拾われて、市役所に勤務するようになった。デスクワークの苦手な父は、市長に頼んでわずかな期間、その専用運転手になった。

すでに六大都市は壊滅して、米軍機の攻撃目標は全国の地方都市に向けられていた。徴発されたのは我が家だけではない。女性は指輪を、寺は鐘、農家は馬や犬まで持って行かれた。

父はその後、敗戦まで、群馬県の太田町にあった零戦をつくっていた中島飛行機に自転車で通勤した。個人タクシーの社長であった父にとって、かなり辛かったようである。

登校時に、上級生による所持品検査があり、不適当と判断されたものは、その場で没収された。私は本が好きで、鞄の中に尾崎紅葉の『金色夜叉』を忍ばせて行ったところ、所持品検査で発見され、「国家非常時に、このような軟弱な小説を読むとはけしからん」と言われて、没収された。

読書の自由もなかったが、書店に本もなかった。一ヵ月一度ぐらいの本の配給日には、書店の前に長蛇の列ができた。

ようやく手に入れた本も、軍の検閲を潜り、都合の悪い箇所は伏せ字となって、意味が通らなかった。

体育はすべて軍事教練に切り替えられ、配属将校と呼ばれる軍で余った将校が、軍事教練に当たった。

教練中、気をつけの姿勢がかかったとき、蜂が私の前に飛んできた。私がそれを追い払おうとすると、配属将校が飛んで来て、「きさま、不動の姿勢をなんと心得るか」と怒鳴った。私が「蜂が飛んで来た」と答えると、「不動の姿勢の間は、たとえ弾が飛んで来ても動いてはならん。蜂ぐらいでなんだ」と、歯の根が揺らぐほど殴られた。私は痛みよりも、弾もよけてはならないという不条理に腹が立った。

昭和十八年（一九四三）ころから国民生活は逼迫し、特に食物は食糧難と呼ばれるほど欠乏した。わずかな配給食糧も途切れがちになり、それも芋や、短麺になった。

腹がへればどんなものでも食えるということは、私の場合に当てはまらなかった。私はこの短麺は口にできなかった。においを嗅いだだけで吐き気がする。痩せ細った私を母は案じて、ずいぶん苦労してほかの食物を集めてくれた。

熊谷大空襲

不思議なことに、生存を日常としていると次第に馴れてくる。非人間的な、生命の安全を保障されない生活環境が日常になってしまい、それが快適ではないにしても、当り前になってしまう。

そして昭和二十年（一九四五）八月十四日の夜、私はいつものように身の回りの品を詰めたリュックサックを枕元に置いて寝ていた。突然、父親に枕を蹴飛ばされて起き上がると、周辺が真昼のように明るくなっていた。

一家五人、かたまって近くの星川という小川に避難した。火から水を連想したのである。

いったん川に逃れた父親は、ここは危険と察して、すでに猛火に包まれている通りの真ん中を、モーゼの十戒のように、水ならぬ火の壁の谷間を伝うようにして、市外へ逃げた。すでに聞き及んでいた広島、長崎の、新型爆弾による壊滅を、父親は連想したらしい。

市内の中央部にいたのでは助かる命も助からなくなると判断した父

親が、火の壁の中を、一家を先導して安全圏に避難したのである。火の壁に挟まれて避難中、妹が、

「猫《こぞ》がいない」

と言いだした。累代のこぞが、避難中、はぐれてしまったらしい。川へ駆け戻ろうとした妹を、父親が、悪鬼のような顔をして引き戻し、泣き叫ぶ妹の手を抜けるばかりに引っ張り、逃げつづけた。

妹は父に命を救われたが、それ以後しばらく、父に心を開かなかった。

母が、「こぞは利口な猫だから、きっと一人で逃げて帰って来るよ」と慰めたが、妹は泣きつづけていた。累代のこぞは家族以上の存在であった。

ようやく安全圏に達した家族を抱えて、ほっとしたらしい父親は、私に、

「誠一、よく見ておけ。お前の町が燃えている」

と言った。

翌日、一望の焦土と化した中、我が家の跡地を探して星川の岸を伝った。星川は死屍累々としていて川底が見えなかった。その中に顔なじみを発見した。父の判断が一歩遅ければ、遺体に自分たちも加わっていたのである。まだ余熱《ほとぼり》の冷めない我が町の中に、ようやく探し当てた我が家の廃墟に立って、こぞを探したが、帰って来なかった。

数日して、ようやく余熱が鎮まり、焼け跡に入って後片づけができるようになった。まだ使えそうな焼け棒杭を拾い集めてバラックをつ

くる。私も父親に手伝って働いていた。隣家との境の路地に一個の南瓜が落ちていた。菜園からだいぶ離れているその場所に、なぜ南瓜が落ちているのかと不思議におもった私が手を伸ばすと、南瓜はぐちゃりと潰れて、中から黄色い果肉がはみ出した。同時になんとも言えないいやなにおいが吹きつけてきた。よく見ると、南瓜と見えたのは人間の焼けた頭蓋であった。

それ以後、私は南瓜を食する都度、焼け跡で発見した人間の頭蓋をおもいだす。焼けた人間の脳味噌は、南瓜の黄色い果肉によく似ていた。

胴体は少し離れたところに横たわっていた。近所の人ではなく、逃げ遅れた市民のようであった。なぜ首がちぎれたのかわからない。私は焼けた南瓜のような人間の頭蓋を見たとき、星川の川底を埋めた死者の群と共に、いま自分が見て体験していることを、いつの日か書きたいという衝動をおぼえた。

いつ、どんな形かわからないが、書いて、それを発表したいという突き上げるような衝動であった。この経験が、私がものを書く方面を志した原体験と言えよう。

敗戦、一夜の激変

被災せずとも熊谷は、暑い町として全国的に知られていた。焼け爛《ただ》れ、余熱が籠もっている廃墟を真夏日が容赦なく焙《あぶ》っている。そんな焦熱地獄に立って、私たちは近所の焼け残った家のラジオから、天皇の終戦の詔勅を聴いた。当時、中等学校一年の私には、難解な言葉が連なっていたが、戦争が終わったということはわかった。

生き残って焦土に立ち尽くしている大人たちは、ほとんど泣いていた。だが、父親は嬉しそうな顔をしており、私も戦争が終わったという事実がとても嬉しかった。これからは好きな本を存分に読めるとおもうだけで、心身が弾みたった。

一夜にして軍国主義は崩壊し、一転して民主主義という新しい政治形態に変わった。なによりも驚いたのは、昨夜から今日の未明にかけて、日本最後の空爆により市街の大半を焼燬《しょうき》した市中を、なんと列車が走っていたことである。

一瞬、幻影ではないかと目をこすったが、紛れもない国鉄の列車が走っていた。私以外にも目撃者がいた。このとき私は、戦争には敗けたが、日本は不死身のような気がした。

焦土を何事もなかったかのように走る列車に励まされて迎えた夜に、さらに感動的なシーンに出会った。

まだ燻《くすぶ》りつづけている一望の焦土の中に、電灯の光が点々と散開していた。そして、夜を重ねる都度、光点は増えていった。

不幸中の幸いと言うべきか、手動ポンプは健在で、防空壕の中に埋めていた非常食や日用品、また私の宝物である本などは無傷であった。

一九四五年八月十五日をもって、価値観が一挙に変わった。

軍国主義は民主主義へ、破壊から建設へ、昨日まで敵性語であった英語がにわかに幅を利かしてきた。昨日まで神国日本、聖戦を主張していた識者たちが、一夜にして民主主義を説くようになった。

だが、私はまだ十二歳、頭や精神が柔軟であった子供たちは、国の政治形態や価値観の百八十度の転換にも、さほど混乱しなかった。むしろ学校で、私の好きな英語が自由に学べ、配属将校がいなくなり、所持品検査がなくなったことが嬉しかった。

自由は回復されたが、食糧不足は依然としてつづいていた。ようやく市役所から、充分ではないながらも、炊き出しが届けられた。

戦争は終わった。そして私は、戦時中の生存体験、B29の絨毯《じゅうたん》爆撃よりも、狂信的な戦争指導者の暴挙に全国の国民がマインドコントロールされ、無意味、無謀な戦争に突き進んだことを強く意識するようになった。

隣近所、町内、同じ市民のいずれも、家族に戦死者がいた。

一般の市民として、それぞれの人生の未来図を描いていた若者たちが、ある日突然、一枚の赤紙（召集令状）によって、戦場に引きずり出され、そして帰って来なかった。ほとんどどこの家庭にも、不帰の家族がいた。不運な家庭では、複数の帰らぬ家族がいた。

私も数年早く生まれていたら、戦場という大量死刑台に駆り出されるところであった。

終戦の日、川に逃れて窒息死した顔馴染みの近隣の人々の遺体が折り重なって、澄んだ川底を隠していた場面が、瞼に甦《よみがえ》った。

すでにポツダム宣言を受諾して、日本が降伏声明を出した後、命を奪われたのである。

米軍は「連絡不行き届き」と釈明したが、事実は余った焼夷弾や爆弾がもったいないとして、もはやなんの戦略・戦術的な意味もない私の郷里に残弾を捨てに来たのである。

まさに非人間的な行為であり、「広島、長崎によって戦争を早く収束し、数百万の生命を救った」と陳弁していた舌の根の乾かぬうちに、残弾で虐殺を実行したのであった。

家の近くの流れに折り重なっていた隣人たちの遺体と、最後の空襲の夜、置き去りにした猫《こぞ》が私のトラウマとなり、いつの日か戦争生存体験と、一朝にして社会と価値観が激変したことを書きたいとおもうようになった。

降伏文書の詩《うた》

この戦争を生き残った国民は、戦争を体験している。だが、その体験を書き留めておこうとする人は、多くなさそうであった。

人々は、軍国主義から民主主義への変化に対応できず、深刻な食糧不足や、衣料品や日用品の不足、劣悪な住宅事情といったないない尽くしの中、過去の体験を記録しておくよりも生きることに精一杯で、体験や小説などを書く余裕がなかった。

しかし、本は戦時中よりは手に入るようになり、灯下で読めるようになった。

国民は、食糧と同じ程度に活字に飢えていた。私は活字に飢えると同時に、書くことに飢え始めていた。

戦中、読書を制限され、表現や言論の自由を弾圧されていた欲求不満が、戦後、価値体系の転換によって、一気に噴き出た感があった。「少年倶楽部」七月号を読みたいために、一年間、家来になって達せられなかった恨みが、「読めなければ、自分で書く」というおもいとなって、次第に形成されてきたのである。

その最も大きな契機となったのが、昭和二十年九月二日、東京湾で米艦「ミズーリ号」上で行われた降伏文書の調印式における、マッカーサーの演説であった。

我々は相互不信、悪意、または憎悪の念を抱いて、ここに集まったわけではない。（中略）この厳粛なる機会に、過去の流血と殺戮のうちから、信頼と諒解の上に立つ世界が招来せられ、人類の威厳と、その最も尊重する念願——すなわち自由、寛容、正義に対する念願——の実現を志す世界が出現することを期待する。（後略）

翻訳されて公表されたこの文言が、私の心に強く刻まれた。どんなひどい言葉を浴びせかけられるかと緊張していた日本国民は、ほとんどマッカーサー演説に感動していた。

私も、理不尽な時代に行われた多数の殺戮《さつりく》と流血の恨みを洗い流すような作品を書きたい、とおもったのである。

そして、少し時間をおいて発表された加藤周一の、終戦の放送を病院の食堂で聞いた、希望に輝いて書いた『羊の歌』の一節である。

今や私の世界は明るく光にみちていた。夏の雲も、白樺の葉も、山も、町も、すべてはよろこびにあふれ、希望に輝いていた。私はそのときが来るのをながい間のぞんでいた、しかしまさかそのときが来ようとは信じていなかった。すべての美しいものを踏みにじった軍靴、すべての理性を愚弄した権力、すべての自由を圧殺した軍国主義は、突然、悪夢のように消え、崩れ去ってしまった――とそのときの私は思った。

これから私は、生きはじめるだろう、もし生きるよろこびがあるとすれば、これからそれを知るだろう。（後略）

この文言は、まさに私が終戦の詔勅を聞いた次の夜に見た、焦土を鏤《ちりば》めていた電灯の光点と同じであった。戦後の混乱の中にあっても、確実に戦争と反対の位置にある平和、建設、自由、豊かさ、再生、希望、明るさ、安全、発展等に向かって上昇していくことは確かである。

高空をきらきら輝きながら飛ぶ米軍機も敵意はない。

銀色に輝く流れ雲

その行方を問わず
君は白い雲を追いながら
忘れていた郷愁を寄せる

図書館の隅に見つけたうろ憶えのヘッセの詩を私は米軍機に重ねた。

かつてあらゆる方法で弾圧された言論、思想、執筆、出版等の封殺が、すべて解除されたのである。

戦時中、尾崎紅葉の『金色夜叉』を、上級生の所持品検査によって発見され、「この非常時にこんな文弱な本を読むな」と没収されたことをおもいだした。

これからの未来に、好きな本を好きなだけ読み、書きたいことを書いても、「文弱」と称《よ》ばれるようなことはないであろう。もしそのような事態が再来したとすれば、戦争によってなにも学ばなかったことを意味する。

広島・長崎が壊滅し、戦地、銃後（国内）を含めて、三百万を超える犠牲を踏まえた日本は、全国津々浦々、どこを見ても、家族や友人のだれか、そして愛する動植物などを失っていた。

戦場から街角への帰還

戦場やシベリアから帰されてきた骨壺《こつつぼ》には、石が入っていた。大量の戦死者の個人識別が不可能となり、戦場の石を入れたのである。この尊い犠牲を、無意味にしてはならぬと、日本は永久不戦を誓い、立ち直りつつあった。

生き残った兵士が戦場から続々と復員（帰還）し、疎開（避難）した学童が親元に帰って来た。ようやく家族が一緒に暮らせるようになったが、同じ屋根がない一家も多かった。

我が家族も同じ屋根はなかった。父と私二人だけが、廃墟に焼け棒杭を組み合わせてつくったバラックに残り、母親以下、妹や弟は秩父山村にある母の実家に預けられた。

戦災から免れた私の母校・熊谷商工（現・熊谷商業）高校は、すでに開校して、生徒たちが続々と帰って来ていた。だが、私は、戦災のショックが治らず、バラックの中で焼け残った本を読んでいた。

市役所から焦土に残った市民に配給された日用品や乏しい食糧を、焼け残った町内の自転車を借りて、月一度、母の実家に運ぶのが私の役目であった。

実家の居候になっていた母と私の妹弟《きょうだい》たちは、飢えてはいなかったが、月一、配給品の運搬を使命とした私に会うのを楽しみにしていた。私自身も、家族に会うのが嬉しかった。

関東平野の中央にある熊谷市から、秩父山地の山間にある母の実家まで、約六里（二十四キロ）。川や沼や森林や、山間の牧歌的な山里など、起伏に富んだ風景を結ぶ小さな旅（私にとっては大きな旅）は、楽しかった。車はまだ少なく、舗装されていない田舎道を、時折、バスやトラックが土煙を巻き上げて追い越し、すれちがって行った。

手をのばせば染《そ》まるような蒼い空の下に、森林が赤や黄色に染まり、太陽の位置が傾いてくるにつれて、地平線の彼方にあった山が近づいてきていた。

秋ではあったが、私はその和やかな風景に、

春風そよふく空を見れば、
夕月かかりてにほひ淡し……

の世界に迷いこんだような気がした。

国民歌謡とも言うべきこの歌詞は、私がいまいるこの辺りで詠まれたにちがいないとおもった。

すでに空にはＢ29の飛行機雲は消えて、生命の危険はない。戦後の混乱もこの街道にまでは追いかけて来なかった。夕暮れ近く、母の実家に着き、母や、妹や弟たちに再会したとき、私は戦争が終わった事実を実感した。

家族は一緒に住むものであるが、戦争によって引き裂かれた家族が、また同じ屋根の下に集う喜びは、語り尽くせない。もはやこれ以上に、家族の一部が戦場へ引きずり出される恐れはなくなったのである。

戦争指導者による恐怖政治は、社会の単位である家族を破壊する。もはや、その恐れがなくなっただけでも、将来の展望は明るかった。だが、猫《こぞ》がまだ帰って来ない。一家は、こぞがまだどこかで生きているような気がしていた。こぞは骨壺の中の石になっていない。

私は母の実家に一泊して、また父親と一緒に住んでいるバラックへ帰って行った。そうこうしている間に、私の郷里の町にも米軍が進駐して来た。区役所から、当日は外へ出ないように、と市民に呼びかけられていた。

ゴーストタウンのようになった我が町へ、米軍はジープやウェポンキャリアと称する大型トラックを連ねて、進駐して来た。市民が家の中に隠れていたのはその日だけで、翌日から日常は復活した。米軍兵士も市中に姿を現わすようになり、子供たちにチョコレートやチューインガムをばらまいた。

米軍兵士は市の郊外を流れる荒川に洗車に来た。洗車後、河原で食事を摂る。食事後、彼らは食べ残しを河原に捨てて行く。ここが我々町のカッパ少年の豪勢な食堂になった。
鬼畜米英と教育されていた私たちは、目の前にいる米軍兵士の明るさに驚かされた。

英語少年の窓

不祥事は発生せず、当初警戒していた市民も、次第に心を開いてGI（米軍兵士）と交わるようになった。町の若い女性とGIが親しくなり、中には、平日には彼女の家に泊まったり、あるいは市内に部屋を借りて同棲したりする兵士もいた。

私の町内にも、そんなカップルが住んでいた。そして、私が〝通訳〟として呼ばれた。熊谷商工高校で週一時限、教えられていた英語が、意外に役に立った。

戦中、敵性語として駆逐されていた英語が、いまや人気の的となり、ラジオの英語講座は聴取率がはね上がった。

もともと英語は好きで、戦時中はアメリカのスパイなどと言われた。凄まじいブロークンイングリッシュであっても、それに身振り手真似《ボディランゲージ》を加えて結構通用した。

そのうちに噂を聞きつけ、通訳だけではなく英語の手紙の解釈や、異動あるいは帰国した米兵に送る手紙の代書を頼まれるようになった。依頼人《クライエント》も報酬をくれ、GIは通訳の謝礼として当時、夢のような牛肉や桃《ピーチ》や、白いパンや、バターやチーズの塊や、痛快丸かじり型のチョコレートなどをくれた。十二歳の少年にとってそれは目もくらむような収入であった。

このときの経験が付け焼き刃となって、青山学院大学への進学や塾開設につながったのである。

街に見かけるＧＩが珍しくなくなったころ、母の実家から送られた材木で焼け跡に家を再建し、別居していた家族が同じ屋根の下で暮らせるようになった。

一家揃って朝食を囲むようになったある朝、母以外の家族は驚いた。食卓になんと卵が置いてあったのである。

卵は貴重品であり、戦時中は妊婦や病人だけに配給されていた。その貴重品が、家族全員、一個ずつ、食卓に置かれている。

「卵は自由販売になったよ」

と母親は一同に告げたが、まだだれも信じられなかった。

〝卵の朝〟から、貧しかった食卓は急に賑やかになってきた。卵は戦前戦後、飢えていた国民の救世主であった。

戦争のうねりは、まだ混沌としてつづいていたが、基本的人権の悉《ことごと》くを奪われていた国民生活は、民主主義の下、自由を回復しつつあった。

独立前の、マッカーサーの支配下にあっても、戦中の恐怖政治よりははるかにましであった。

食生活を卵に救われてから、私は復学した。昭和二十二年四月、六・三・三・四制に変わり、中学、高校を通して、同じ学校に六年間在籍した。戦後の混乱がつづく六年間を共にした学友は、三年制の中・高校生と比べて、いま以上の連帯感で結ばれた。

私の父方の伯父は終戦時、陸軍軍医少将であり、B級戦犯であった。戦後、お構いなしとなって、郷里の我が家で開業した。

その伯父から、七三一部隊初代部隊長・石井四郎中将と軍医学校時代に親しかったことを知らされ、後日、七三一部隊の「悪魔の飽食」に興味を抱いた。伯父から石井中将とのかかわりを聞かなければ、『悪魔の飽食』は生まれなかったかもしれない。

後に、熊谷商業高校と校名を改めた母校は、荒川の近くにある軍需工場の跡へ移転した。冬は寒風が校舎内を吹き通したが、春から初夏にかけては教室にタンポポの綿毛がゆらゆらと飛んだ。進学校ではないので教師たちも寛大であり、生徒は教師の牧歌的な講義を聞きながら、うつらうつら居眠りをした。簿記や社会や歴史の時間は、窓からエスケープして、近くの荒川で泳いだ。

休学して図書館通い

ある日の午後、クラスのほとんど全員が荒川で顔を揃え、ときならぬ水泳大会になった。地平線に秩父や上信越の山脈が青い影となって連《つら》なり、身体が冷えると生徒たちが温泉と称している、ほどよく温まった岸辺の水たまりに浸りながら、当時流行した「山のかなたに」や「青い山脈」を歌い、私は陽炎揺れる上流や下流に、どんな人が住み、どんな社会があるのか、夢を飛ばしていた。

クラスの大半がエスケープしても、教師は怒らず、私はいまだにあの鷹揚な授業と、無限の未知数に満ちている遠方に夢を飛ばした青春前期を、昨日のように近く、幻のように遠くおもった。

そして、それから間もなく、私はなんとなく学校の授業に飽きて、しばらく図書館で勉強したいので、長期欠席の診断書を書いてもらえないかと、伯父に頼んだ。軍人出身の伯父はおおらかで、「それでは肺門リンパ腺炎にでもなるか」と言って、一ヵ月の休学医療診断書を書いてくれた。

私は伯父が書いてくれた診断書を添えて休学届を学校に提出して、家にはいかにも毎日登校しているように見せかけ、市内の図書館に通った。休学届がきいている間に、私は世界文学全集の読破を志したのである。

いつものように登校時間に家を出て、図書館で母がつくってくれた弁当を食べ、暮れかけてきた午後五時ごろ、とても充実した気分で帰宅する。

ところが、休学一ヵ月が迫ったころ、担任の教師が家に、「その後の病状の経過はいかがか」と問いかけてきた。母親はびっくりして、「うちの子は毎日登校しています」と答えて、今度は担任が驚いた。

こうして疑似登校が露見した私は、ちょうどロシア、ドイツ、フランス文学を読破し、イギリス文学のオスカー・ワイルド著『ドリアン・グレイの肖像』を読みかけたところで、世界文学全集読破の壮挙は成らなかった。

昭和二十五年六月、朝鮮戦争が勃発した。一進一退の戦況であったが、隣国の不幸が、戦後疲弊していた日本経済の救いの神になった。隣国の不幸によって、戦後の疲弊から立ち直り、経済急成長が促された。

隣国の戦争には無関心であったが、景気がよくなっていることはわかった。戦争によって、日本全国焦土と化した後、隣国の戦争により日本経済が息を吹き返しつつあることは、皮肉であった。

食料品をはじめとして、配給制度は次々に解け、街の商店に自由販売の品が並ぶようになったのは、日本の不屈の力を示すようであった。

戦時中、甘いものに飢えており、子供たちにとって三種の神器のような、バナナ、シュークリーム、チョコレートのうち、バナナは叩き売りの材料になり、チョコレートは進駐軍がばらまいてくれた。

昭和二十六年、熊商を卒業するまで、好きな本を読みあさり、「山のかなたに」に憧れて、熊谷に近い秩父山域を歩き回った。このころから、山を通して未知の彼方への憧れが強くなった。

Ⅲ　立ち上がる東京

進学前の幻影

熊商を卒業した私は、進学する意欲を失い、伯父（B級戦犯の軍医）の紹介で、トヨタ系の自動車部品会社に就職した。旧友はほとんど累代の家業を継ぐか、銀行や信用金庫に就職した。

私は、ただ東京へ憧れ、新橋にあった部品会社から、都内および近県の小売店に部品を配達して回った。戦後間もない東京には、至るところに戦争の傷痕が残っていたが、盛り場は賑わい、女性は美しく装っていた。

地図を手にして、東京およびその近郊を自転車をこいで、注文された部品を配り回る仕事は楽しかった。横浜、川崎、また赤羽方面まで走り回り、帰途は昼寝をしたり、映画を見て、一日がかりで帰って来た。会社はなにも言わなかった。こうして私は、当時の東京通になった。

中でも忘れられない想い出がある。横浜市内の小売店に配達途上、川崎市内で目にごみが入ってしまった。除《と》ろうとしてもどうしても除れない。そのうちに目を開けなくなった。片目では、前途遼遠の小売店まで、自転車をこいで行けない。

途方に暮れていた私に、近くの家から出て来た若い奥さんが、「いらっしゃい。目のごみを除ってあげる」と言って、ご自宅へ案内して、目のごみを除ってくれた。

ごみを排除した後、なぜか両眼から涙が出て、奥さんの顔が幻影のように揺れた。

「少し休んでおいきなさい」と労《いたわ》ってくれた奥さんに、礼を言って、私はまた、未練を残しながら自転車をこいだ。涙の簾《すだれ》越しに揺れていた奥さんの面影は、女神のように美しく見えた。

私は親切な奥さんの面影が忘れられず、休日に菓子折りを用意して、奥さんに礼を言うために（もう一度会いたくて）、うろおぼえのお住居《すまい》を探した。だが、確かに記憶のある街角へ戻って来ながら、奥さんの家をどうしても探し当てられなかった。

その街角には既視感《デジャヴュー》がありながら、奥さんの家だけが消えていた。小さな庭にポンプ井戸があったのを覚えていたが、近所の人たちに聞いても、この町内に手押しポンプはないという答えだった。

私の目からごみを除ってくれた奥さんは、実在の人ではなく、異次元の世界から来たかぐや姫のような人だったのかもしれないと、自分をなだめ諭しながら、菓子折りを虚しく提げて、引き返した。

だが、その後も奥さんの面影が忘れられず、いつの日かあの邂逅《かいこう》を小説に書いて、奥さんに差し上げたいとおもうようになった。

奥さんの所在はわからなくとも、本を書けば、どこかで彼女の目に触れるかもしれないと、淡い期待をつないで、私は作家になると改めて自らに誓ったのである。そして後年、その作品を書き上げたが、当然ながら奥さんからの反応はなかった。

おそらく奥さんの記憶には、私の存在などなかったのであろう。ただ、出先で目にごみが入り、困惑している少年を見て、可哀想におもっただけであろう。私は自己紹介をすることすら忘れていたのである。

歳月は経過し、初対面時、幻影のような奥さんの顔は、記憶から消えていた。そして奥さんのために書いた作品も、書き重ねた多数の作品の中に紛れ込んでしまった。

だが、いまでも私の青春の貴重な一片《ピース》は、人生のトータルに嵌《は》め込まれている。

青春の復活

自動車部品会社に勤めて二年目の夏、私は二〇トンジャッキを満載したリヤカーを引いて、駿河台の坂の上にある小売店に配達に行った。だが、荷が重すぎて坂を登れない。

そこに通りがかった明治大学の学生グループが、私が頼みもしないのにリヤカーの後押しをしてくれて、難なく坂の上まで押し上げてくれた。私が礼を言う間もなく、学生たちはわいわい愉しげに話し合いながら、駅の方へ行ってしまった。

私と同年配の彼らはいかにも愉しそうで、青春のオーラが立ちのぼっているように見えた。

私はそのとき、大学に行きたいという猛烈な衝動をおぼえた。それまで進学の意志はまったくなかった。都内・都下・近郊全域を自転車で走りまわるいまの仕事が充分に愉しかった。

だが、リヤカーを押してくれた学生グループの、まさに青春真っ只中のような潑剌《はつらつ》とした雰囲気に、私の中に眠っていたものが揺り起こされたような気がした。

いまの職場はほとんどが年上の人たちで、同年配の仲間はいない。高校時代、辟易するほど周囲を埋めていた同年のクラスメイトたちは、社会の八方にばらけてしまった。自転車を漕《こ》いで走りまわっていても、仲間たちと謳歌する青春とは違うようであった。

高校時代、ほぼ全クラスが教室の窓からエスケープして荒川で泳いだ愉しい記憶をおもいだした。大学へ行って、もう一度青春をやり直したいという熱いおもいが、胸の底からマグマのように突き上げてきた。

私は一週間後、会社に辞職願を出して退社すると、受験勉強に取りかかった。即席の進学希望であるから、志望校すら決まっていない。当時は大学へ進学するためには、予備試験として進学適性検査、いわゆる進適を受験しなければならなかった。今日のセンター試験である。だが、私が進学を決意したときは、すでに国が行なう進適は終わっていた。

青山学院大学一校のみが、学内で進適を行なっていた。理・数は苦手であるので、文学部を選んだ。英語はもともと得意、小説は乱読しており、歴史も好きであったので、受験科目の英語、国語、歴史の三科目も、即席の受験勉強でなんとかしのげるのではないかとおもった。おもいたったのが八月、退社したのが九月、わずか数ヵ月しかなかったが、私は受験勉強に没頭した。

一夜漬けの受験勉強であったが、私は合格して、昭和二十八年四月、青山学院大学に入学した。

殺風景な男子高校から男所帯の自動車部品会社を経て入学した青山学院大学のキャンパスは、華やかな女子学生が多く、私は荒野から突然、百花繚乱《ひゃっかりょうらん》たるお花畑に迷い込んだような気がした。青学はまさに青春の学園であった。

青学はキリスト教系大学《ミッションスクール》であったために、戦時中、敵性大学として弾圧を受けた。弾圧に耐えて貫いた学風も、私は好きであった。

明治末期以来、軍国化に傾斜していく日本において、「青山学院の教育は永久に基督教主義にして、その教義の標準は、日本メソジスト教会条例の信仰個条に拠るべきものとす」。

その教義を敵性として、凄まじい弾圧を受けながら、学風を精神拠点として貫いた青学の姿勢が好きであった。

満開の青山学院大学へ

そして、私が入学した「青山学院大学は、三十余年の厳しい大学設置計画を経て、昭和二十四年二月、晴れて文学部、商学部、工学部をもって開校した」のである。

校門を潜ると、東西両校舎に寄り添った銀杏並木が、正面に聳《そび》える荘重な間島記念図書館に向かい合って、学院の王道とも呼ぶような広い道がつづく。

新入生を満開の桜が出迎え、キャンパスを新緑が染める、過酷な戦争に耐えて蘇ったキャンパスは、なにもかも新鮮であった。

講義の時限が終わり、校舎から出てきた学生たちは、キャンパスに群れ、あるいは散らばり、青春の息吹が息づいている。

こうして青学に入学した私は、高校時代、歩き残した秩父を完遂するようにハイキング部に入った。そして教室よりも部室にいる時間のほうが長くなった。部室には四年生から新入生までが集まり、山の話を目を輝かせて交わしている。

当時、ハイキング部が登山ブームと歩調を合わせて最も興隆した時期であり、キャンパス全体も戦後の混乱から立ち直り、学生は新制高校卒業生によって占められ、潑剌としていた。

ハイキング部では山だけではなく、多くの出会いがあった。特に入学時三年生であった有馬長次郎先輩は読書家で、私にさまざまな本をおしえてくれた。特にロマン・ロランの『ジャン・クリストフ』は私の座右の書となった。一ヵ月、学校をサボり、図書館に通って読みまくった世界文学全集も、有馬さんの読書量には到底及ばなかった。彼は海外の名作から、ミステリー、哲学、マルクスやギリシア神話、伝説、エッセイ、ドキュメントや歴史などまで読みこなしていた。

有馬先輩は私の読書の兄であると同時に、人生の師でもあった。自分のことさえ考えていればよい学生時代の、特にようやく戦争の傷痕と、戦後の混乱から立ち直った青山学院大学時代は、二年弱の実社会の経験を経てきただけに友はみな若く、まさによみがえった青春であり、私のアルト・ハイデルベルク時代であった。

当時の登山には必ず文化が伴い、山へ登る者はほとんど文章を書き、詩、俳句、短歌、写真、絵、音楽等を創作した。部員それぞれが、作家、エッセイスト、詩人、歌人、俳人、画家、写真家などであった。私は特に有馬さんに兄事して、一緒に山へ登った。ハイキング部で得た先輩や、友人や、学んだことは大きかった。入部して、作家志望はますます強くなった。

またハイキング部には、部のマドンナであるだけでなく、全校のアイドル的存在で、カルメンと呼ばれていた土方雅子氏や、その清純な容姿からアリサと呼ばれた伊藤幸子氏などがいた。

部室だけではなく、クラスにも多彩な友人ができた。青山学院大学の女子学生は才媛の誉れ高く、私が在籍したFクラスにはファッションジャーナリストとなった大内順子氏や、ミス・ビューティヘアー・コンテストに一位入賞した旧姓望月君代氏など、美女が多かった。民藝に所属して役者になった岩下浩、仏教伝道協会に参加して、アメリカで伝道している渋谷夏夫。大学教授になった人も二人いて、多士済済であった。

変身する級友

中でも風変わりなクラスメイトがいた。図書館で小説を読んでいた私のいつも隣りに坐る、通称おそめさんと称ばれる女子学生だ。華やかな青学女子学生の中でも、一際目立つ、テーラードスーツに身を固め、ウェーブのかかった豊かなヘアー、成熟した性的魅力を、派手な化粧でさらに官能的にそそっている。

「君、なに読んでるの」

いつものように教室の最後尾でミステリーを読んでいる私に、おそめが話しかけてきた。

「エラリー・クイーンのミステリーだよ」

「あら、私、エラリー・クイーン大好き。特に国名シリーズは全部読んでいるわ」と、おそめから意外な言葉が返ってきた。

それをきっかけにして、彼女との間に会話が成立するようになった。時どきエスケープして、学食の隅で珈琲《コーヒー》を飲みながら言葉を交わしている間に、おそめは、

「私、銀座のクラブでアルバイトしているの。卒業したら銀座にお店を持とうとおもっているの。銀座は面白いわよ。夜になるとお偉方が集まって、昼間とはまったく別の顔を見せるわ。どんな顔を見せても、銀座では女がイニシアチブを握ってるわ。どう。私の店に来てみない。よい社会勉強になるわよ」と誘った。

「冗談じゃないよ。学生が銀座に行ける身分か」

「ご心配なく。学割どころか、私がサービスしてあげるわ」と、おそめは言った。

好奇心に誘われて銀座に従《つ》いて行った私は、そのアルバイト先の「歌――」で、信じられないような彼女の〝変身〟を目撃した。

もともと銀座に縁のなかった私は、おそめに先導されて、街路樹のつづく通りから横に折れ、さらにまた折れて、軒先行灯と称《よ》ばれている看板が、電飾に彩られて縦に並んでいるビルの中に連れ込まれた。

彼女が馴れた足どりで地下一階の「歌――」と書かれたドアを押した内部は、私にとってまったく異次元の世界であった。

間接照明のほの暗い空間に配置されたいくつかのボックスには、客とホステスの影が見えた。艶やかな和服や、デリケートな光線の角度によって光るイブニングドレスをまとったホステスが、水槽の熱帯魚のように優雅に動いている。

おそめが入って行くと、視線が集中するのがわかった。

驚いたことに、まだ未成年のはずの女子学生が、全身、きらめく鱗をまとった錦鯉のように、熱帯魚を圧倒した。客の視線もおそめから離れない。同行して来た私などは、眼中にないようであった。

おそめは女子学生から、銀座のクラブのナンバーワンに変身していた。

後でおそめから聞いたところによると、当夜は大物政治家と大手商社の社長、著名な学者が居合わせたそうである。政・財・学の大物の名前を私は知っていた。昼間は、派手ではあるが女子学生の一人にすぎないおそめが、夜になって変身する。私には夜のおそめが本物であり、昼の彼女が変身しているようにおもえた。ともあれ、おそめに案内された銀座の異界は、私にとってよい社会勉強になった。

その後、おそめから何回か誘われたが、私は断った。おそめは魅力的であったが、彼女に誘われた異界は、私には危険な世界に感じられた。まだ自分には、その危険性に耐える、あるいははね返す力がない。一年半の社会生活を経た後、青学に進学して、キャンパスの青春に全身で向かい合っているとき、異界を覗く必要はない。

私にとって、青学の青春は充分であった。おそめは面白い存在であったが、青春の破片にすぎなかった。その後、何回か教室でおそめに出会ったが、間もなく姿を見なくなった。熱心な学生ではなかったが、授業には出席していたのが、急に姿を消してしまった。

異界の生物が息抜きに大学の教場に遊びに来ていたのかもしれない。銀座の「歌――」に行けば、おそめのその後の消息はわかるかもしれなかったが、おそめ自身が発散している危険な気配を私は敬遠した。

白骨温泉の危機

おそめがキャンパスから姿を消した後、しばらくの間、心に空洞があいたような気がした。その空洞を埋めてくれたのが、ハイキング部主催の登山であった。

夏に行う北アルプスの合宿。四季折々の山行き。部室には部主催の山行計画が掲示され、部員は年二回以上、部主催の山行に参加する義務があった。

昭和二十八年夏、私が初めて参加した上高地の夏山合宿は、台風にたたられて、上高地への道が土砂崩れで寸断され、やむを得ず目的地を白骨温泉に変更した。

ところが、白骨に向かう途中、豪雨で地盤が緩んでいたバス道路が崩れ、バスは谷底に転落しかけた。不幸中の幸運にも、前輪が崖際に引っかかって止まったが、わずかなバランスが崩れれば、いまにも転落しそうである。

部長の的確な指示で、一人ずつ前の乗降口から脱出して、危うく全員事なきを得た。

最後部の座席にいた私は、一人脱出するごとに車体が揺れ、足下の目のくらむような谷底が迫ってくるように見えた。脱出するにしても、崖際に宙ぶらりんになっているバスの通路はほとんど垂直に近い急傾斜で、脱出口までよじ登って行かなければならない。ようやく脱出したときは緊張が緩んで、おもわずその場に座り込むほどであった。

その場面を冷静に撮影していた米戸一雄氏は、部長からひどく叱られたが、後に貴重な記録となった。

当時、母親の実家から材木を供給されて焼け跡に復興した私の家は、六人家族にはかなり大きかった。

自動車部品会社で貯蓄した学資はすぐに底を突き、私はアルバイトを探していた。当時のアルバイトはいまのそれとは異なり、まさに苦学生が学資を稼ぐための手段であった。アルバイトの口もいまのように手軽には見つからない。

私は英語ブームに目をつけた。英語の青学、それも英米文学部の学生でありながら、これを利用しない手はないと考えた私は、広い我が家を利用して、英語塾を開くことにおもい当たった。

早速チラシをつくって配ると、即座に百人あまりの生徒が集まった。当時は一流会社の大卒初任給が一万二千円ほどであったのが、私は一挙に月に二万円近く稼ぐ身になった。

戦後、我が家の経済はとても進学できるような状態ではなかったが、この塾が私と弟たちの豊かな大学生活を支えてくれた。森村塾は町の最初の英語塾となり、私の後は二人の弟が継いで、繁盛した。

当時の塾生たちを招いて同窓会を開き、せめてもの謝意を捧げたいとおもっているが、すでに五十余年、塾生たちも社会の八方に散って、消息をつかめない人が多い。

カルメンとの同衾

大学二年の夏、ハイキング部では夏山合宿に先駆けて、燕岳《つばくろだけ》、槍ヶ岳を経て上高地へ下る縦走を計画した。このコースは北アルプスで最も人気があり、アルプス表銀座《オモギン》と呼ばれている。

だが、予定日に台風が接近して、北アルプス直撃の進路を取った。部では、前年の白骨温泉のバス転落事故があったので、大事を取って計画を中止した。

だが、連絡網の不備から、私には中止の連絡がなかった。当日、私は山支度をして新宿駅に行った。すると、カルメン嬢一人だけが来ていた。彼女の許にも事務の不手際で連絡がいかなかったようである。

計画中止とあきらめてすごすごと引き返しかけた私を、カルメン嬢は、

「せっかく支度をして来たのだから、二人だけで行きましょうよ」

と誘った。部のマドンナであり、全学のアイドルであるカルメンと二人だけの北アルプスなど、想像するだに恐れ多いことであった。

第一、私には北アルプスに登った経験がない。仮に無事に登山したとしても、中止命令が出された山行計画に二人だけで行けば、ただではすまないであろう。

「大丈夫よ。夏の表銀座は、言葉通り山の銀座よ。山小屋の設備もいいし、登山道はしっかりしているわ。連絡を寄越さない方が悪いのだから、行きましょう」

と彼女は強気であった。

カルメンに背中を押されるようにして出かけた北アルプスであったが、登山口に着くと台風は逸れて、絶好の登山日和となった。

その夜、燕岳の山荘は大入り満員の盛況で、二人に一組しか夜具が渡らなかった。カルメンは私に、

「知らない女の人と同じ蒲団に寝るくらいなら、きみと一緒の方がいいわ」

と私にささやいた。私は仰天したが、断る理由はない。その夜、私はカルメンと〝同衾〟した。その夜はほとんど一睡もしなかったようにおもう。

翌日も雲一つない快晴となり、三千メートルの雲表の道を、私たちはなんの危なげもなく槍ヶ岳まで縦走した。槍ヶ岳の頂上で穂高をバックに撮り合った写真は、いまでも大切に保存してある。

無事に下山して新宿駅で別れるとき、彼女は私に、

「この旅行は二人だけの秘密にしておきましょうね」

とささやいた。

カルメンと同衾した燕山荘の一夜と、二人で縦走したアルプス表銀座の想い出は、私の生涯の宝物となっている。

カルメンはその後、エリート銀行員と結婚し、私が作家になったとき大層喜んで、祝辞を贈ってくれたが、間もなく訃報を聞いた。もし彼女が存命であれば、私の作品のよい読者になってくれたにちがいない。

カルメン嬢との北アルプス縦走後、彼女はあまり部室に姿を現わさなくなり、尊敬していた先輩の有馬さんなどが退部したこともあって、私も部をやめた。退部後はカメラを持って、もっぱら気ままな一人歩きをするようになった。

美女軍団との奇遇

話は退部前に遡る。当時は百名山ブームもなく、気に入った山を何度でも登った。部主催の山行以外に、大学三年の夏、クラスメイト三人を誘って、同じく燕岳から槍ヶ岳を越え、穂高まで縦走した。

連日、晴天に恵まれ、上高地へ下りたときは、汗と泥まみれになっていた。

上高地で意外なサプライズがあった。この三日間、山は晴天に恵まれた。北アルプス連峰中でも最も険悪な、槍—穂高間の大キレットも、かなりの緊張を強いられながらも、好天に助けられて無事に越えられた。

三千メートル級の稜線を糸のように伝う縦走路には登山者が列をなし、蒼い霞に溶けている無限の上方へ登って行くように見えた。

下界から手の届かぬ高峰として、あらゆる危険で武装して、人間の接近を阻んでいる神々の座が、この季節に限って寛大な許容をしている。下界から集まってきた登山者は、この機会に便乗して、山の恩恵を貪る。

槍ヶ岳から下山した多数の登山者たちと別れて穂高にたどり着いた我々は、三日目の早朝、その頂上でご来光を迎えた。

新鮮な朝の光を浴びて、雲海の上に連なる山脈は、不動の艦隊のように、千変万化する色彩の氾濫の中に、波（雲）を蹴立てて動き始めているように見えた。

見下ろす上高地は、まだ雲海の下に隠れているが、太陽の位置はますます高く、黒い山影が赤く染まっていく。後日作家になり、穂高山頂を舞台にした『高燥の墳墓』を書く予感は、壮大な風景に魅せられ、かけらもなかった。

穂高の頂上に別れを告げた我々は、前穂高に向かう稜線を途上から下りて、上高地へ一直線に下った。雲海はいつの間にか晴れて、我々四人は、一気に駆け下った。

上高地の中心地、河童橋は、まるで銀座の延長のように、観光客で溢れていた。三千メートルの稜線で三泊四日を過ごした我々は汗と泥まみれになって、観光客から、あたかもヒマラヤの未踏峰を征服した英雄のように扱われた。

突然、観光客の中の若い女性に声をかけられた。声の方角に視線を向けた我々は、目をこすった。なんとそこには美しいクラスメイト四人、いずれもクラスでは言葉を交わしたことのない別世界の女子学生が顔を揃え、集まって我々を迎えている。我々は夢でも見ているのではないかと再び目をこすった。キャンパスでも視線を集める美女軍団であり、男子学生から口笛が吹かれた。キャンパスでは声もかけられない美女軍団が、我々に美しい視線を集めている。

美女軍団と共に、我々の前に観光客のカメラの放列が並んだ。こんな英雄扱いを受けたことは初めての経験であった。恰好よく、晴れがましくもあった。

河童橋で観光客に取り巻かれた私たち四人に、美女軍団が、「これからどこへ行くの」と問うた。

「もちろん東京へ帰るよ」

と代表して答えた私に、美女軍団の同じクラスのリーダー格が、「せっかく上高地で出会ったのだから、もう一泊していかない？」と誘った。だが、旅費はすでに使い果たし、帰路の交通費しか残っていない。間もなくバスセンターから発車する最終バスを逃せば、野宿しなければならなくなる。

女性リーダーは我々の懐具合を推測したらしく、

「私たち、明神の旅館に泊まる予定なの。よかったら来ない？」と、挑発するように言った。

「旅館に泊まる金なんてねえよ」私が答えると、

「雑魚寝でよかったら、私たちの部屋にいらっしゃい」と、キャンパスではあり得ないような招待をしてくれた。

こんな千載一遇のチャンスを逃がしたら、男をやめたほうがよいと、その場で衆議一決した我々は、その夜、明神の山宿の一室に雑魚寝をした。

女性四人、男四人の八人が入り混じっての雑魚寝である。へたに手を伸ばしたり、足を動かしたりすると、女子軍団のふくよかな身体に触れる。

若い女性の悩ましい香りが室内に屯《たむろ》している。

私はその夜、華やかな色彩の渦に巻かれるようにして、夢と現実《うつつ》の間をさまよっていた。

置き去られた留年

自分のことさえ考えていればよい学生時代の、特にようやく戦争の傷痕と、戦後の混乱から立ち直った青山学院時代。私にも青春があるとすれば、そのエッセンスは青山学院大学ハイキング部時代であった。

青春の学園から、大学四年で社会へのスタートラインに立った私は、就職斡旋課に行って、愕然とした。教室よりも部室へ通い、登校日数よりは山を歩き回っていた日数のほうが多い。能天気に楽しんでいた大学生活から、いよいよ社会に参加すべく、斡旋課へ来た私は、四年間を通じてＡが二十以上ない者は被幹旋資格がないと知って慌てた。私は四年間でＡが七つしかない。いまからＡを十三稼げない。入社試験を受けられるのは、マスメディアだけであり、採用人数若干名に対して、応募者は数千名であった。

ほかに求人がないので、新聞社、出版社、テレビ局など、手当たり次第に受験して、全部落ちた。このまま卒業しては、新卒の資格を失ってしまうので、一年留年して、なんとか就職先を探そうと決意した。べつに自分で望まなくても、選択科目の「生物」が落ちて、私は留年となった。卒業式にはクラスメイトと共に出席したが、留年したのは私一人。中退者がおそめ以下、何人かいた。そして半年後、生物の単位を取って卒業した。

Ⅳ　隣国の不幸からホテルマンに

新世界に就職

その間、毎日のように斡旋課を覗いていた私に、斡旋課の久保田という主任が目をつけ、

「君はホテルに合いそうだ。本校からまだホテルマンは出ていない。大阪のホテルで求人しているが、行ってみないか」

と声をかけられた。朝鮮戦争という隣国の不幸を契機に日本は復興、国内各地に大型のシティホテルが次々と新築されていたのだ。

就職できればどこでもいいとおもっていた私は、久保田主任の言葉に飛びついた。こうして私は、帝国ホテルから派生した新大阪ホテルに入社した。

大阪は初めてであり、就職先には社宅も寮もなく、自分で居所を探さなければならなかった。

それでも親元を離れて、未知の土地で独り立ちする自由感に、私はルンルン気分で、トランク一つ提げて大阪へ行った。母親が玄関で泣きながら見送り、父親が駅までトランクを手に提げて運んでくれた。両親の寂しげな顔に比べて、私は能天気に、遊山気分で列車に乗り、入社式の前日、京都一周の観光バスに乗り、その夜は大学時代に泊まった宝塚のユースホステルに宿を取った。下宿が見つかるまで、当分、ユースホステルを拠点にしようとおもったのである。そして翌日、ユースホステルから、午前九時の入社式に臨んだ。

予想していたよりもクラシックな、古格のあるホテルの本館と、竣工間もないデラックスな新館を見て、大いに満足した。会議室に新入社員が集合し、約一時間、社長や上司の訓辞を受けた後、各部署に配属された。習うより馴れろ式の現場配属であり、なんの研修も訓練もない。

胸に見習い《アプレンティス》のプレータ（プレート）も下げないので、客は容赦なく、湯気が立っている新入りの前にも来る。

先輩が補ってくれるので、なんとかやり過ごせたが、昼になって仰天した。なんと私一人をフロントに残して、他の全員が食事に行ってしまったのである。その朝入社して、まだなにも知らない新入りが、ホテルの中核であるフロントカウンターに、ただ一人置き去りにされてしまったのである。

途方に暮れた私を救ってくれたのは、フロント付きのベルボーイたちであった。彼らはほとんど中・高卒であるが、現場で研《みが》いた生きている英語は、四年間、居眠りしながら学んでいた大学英語よりも、はるかに実践的であった。

私はボーイたちに助けられて、速やかにフロントの仕事に馴れていった。まさに習うより馴れろ、である。

大学生活の間、講義中の居眠りと小説の盗み読み、エスケープして山歩きなどにうつつを抜かし、さびついていた英語を研くために、当時、会社が社内に開いてくれた英語教室に、私は熱心に通った。そのときの先生が、若き竹村健一氏であった。

ともかくそんなホテルマンのスタートであったが、半月もすると、私はすでに十年もそこで働いているような顔をしていた。昭和三十三年に入社した社員の中には、後の「こてっちゃん」(牛モツ加工食品)で有名なエスフーズ株式会社会長の森島征夫氏、またモスサプライ社長の草場賢康氏がいた。

一ヵ月で、離郷時用意したカネや餞別などをユースホステルの宿泊代に使い果たし、私はようやく真剣に下宿を探し始めた。いかに能天気の私でも、ユースホステルからホテルに通勤はできない。同期に入社した女子社員が、家の近くにあるお屋敷の部屋が空いていると、私に紹介してくれた。

行ってみると、阪急沿線岡本駅近くにある高級住宅街の中の邸宅で、環境が抜群によい。私は一目見て気に入った。庭に面した二階の八畳で、家賃は月六千円である。月給八千円（手取りはもっと低くなる）であったが、ホテルは衣（ユニフォーム）、食を支給してくれるので、なんとかやっていけるだろうとおもった。敷金や権利金は親に出してもらった。庭に桜の古木があり、花季、窓を開けて昼寝をしていると、花びらが迷い込んできた。

どんなに衣食を会社《ホテル》が支給してくれても、月二千円弱では暮らせなかった。ホテルの友人から借りまくり、ボーナスでようやく息をつなぐ。こうして私のホテルマン生活は始まった。

後になっておもうと、私は作家修業の舞台としては、最も理想的な就職をしたのである。

ホテルには、人種、国籍、性別、職業、宗教、年齢等を問わず、あらゆる人間が集まって来る。しかも、病院やデパートや劇場のように目的が限定されていない。中には反社会的な目的のために来館する者もいる。接遇する時間も二十四時間、昼夜を問わない。

ビジネス、娯楽、情事、飲食、集会、冠婚葬祭等、人間の生活のありとあらゆる場面に対応する。人間観察にこれほど適した場はない。

しかも観察する資格は、見下ろすのではなく、低い視座から見上げる。高い俯瞰的な視野には見えない人間の弱みや秘密が見えてくる。

入社三ヵ月ほどして、夜勤専門にまわされた。ホテルの仕事は夜が主体である。午後六時に出勤して、午前九時に明ける。週一回の休日は、明けた日、夜になっても出勤しなくてよいだけであり、翌日の午後六時には出勤しなければならない。つまり、朝自分の住居で目覚めて、丸一日、満足に休める日がないのである。

こんな過酷な勤務《シフト》でも、さして苦にならなかったのは、やはり若さのせいであろう。

夜勤にまわってから、夜専門のナイトボーイと親しくなった。ナイトボーイには独特の気風があり、彼らに睨まれると、その上司であるフロントも仕事ができない。新任将校に対する第一線の鬼軍曹のような存在である。

ナイトボーイのヘッドは山が好きで、私は彼と親しくなった。剣岳や烏帽子岳から槍ヶ岳までの、いわゆるアルプス裏銀座コースなども一緒に登った。

深夜二時ごろを過ぎると、事件が発生しない限り、ホテルの仕事は一段落する。するとヘッドからお呼びがかかる。ルームサービスで残されていた料理や残ビー（残ったビール）などで深夜の宴会を開くのである。

これは愉しかった。サンドイッチなどは、パンは捨てて、中のロースハムだけを食う。キッチンにも顔が利き、コックからステーキやワインなどが届けられる。

このときのヘッドボーイが、後年、私の棟居刑事シリーズで活躍する辻刑事となった。那須班の草場、河西刑事は大阪のホテル時代の同期入社仲間である。また拙作中よく登場する女子大生の美女は、私に下宿を紹介してくれた女子社員である。

一年後、東京に支店ホテルができることになり、関東出身の私は東京に転勤を望んだ。

東京に回帰した転勤

わずか一年の大阪生活であったが、生涯の友人ができた。そして、千代田区平河町に開店した都市センターホテルに転勤した。異動当日、社歴わずか一年の新入社員の見送りに社長以下重役幹部が大阪駅に勢ぞろいして歓送してくれた。私は大阪の暖かさに胸が熱くなった。

折からホテルの斜向かいに、文藝春秋の新社屋が竣工して、多くの作家が私のホテルに見えるようになった。当時、人気絶頂の梶山季之氏が定宿にしており、笹沢左保氏、阿川弘之氏、五味康祐氏、黒岩重吾氏など、多数の著名作家が出入りし、本来なら足元にも近寄れない著名作家と言葉を交わす機会が多くなった。特に定宿として長期滞在している梶山氏と親しくなり、強い刺激を受けた。

作家の群像に毎日接している間に、もともと作家志望であった私は、いつの日か必ず自分も作家たちの列に連なりたいと、野心を焙られた。

このエピソードは多くの媒体に書いたので、ご存じの方が多いとおもうが、梶山氏は都市センターホテルを定宿にして、連載十数本という超人的な執筆をしていた最も気鋭な新進作家であった。梶山氏は、一誌の連載文を書き上げる都度、私に原稿を預けた。原稿をピックアップに来る編集者に渡す前に、私が第一の読者として原稿を読んだ。このようにして盗み読みしている間に、次週、あるいは翌月の展開がある程度予測できるようになる。そして恐れ多くも、予測した連載中の一作に絞り、次号分を私が書いた。

私作を梶山氏から手渡された次号の原稿と読み比べた。さすが他に追随を許さぬ人気作家だけあって、私の原稿と比べて、打ちのめされた。

そのうちに、三本に一本は取れるような気がしてきた。先方は十数本中の一本であり、私は全力を一本に集中しているのであるから、フェアな競作ではないが、天下の梶山氏に、手前勝手な評価であっても三本に一本は取れるという自信が、私を勇気づけた。

後日、乱歩賞を受賞したとき、梶山氏に無許可の競作をしたと告げたら、「君はおれのモグリの弟子だね」と笑った。

都市センターホテルからニューオータニへ

都市センターホテルは、東京の熾烈なホテル戦争が始まる少し前にあり、牧歌的なホテルであった。ホテルマンのかたわら、天下の人気作家と密かに競作できたのも、そのおかげである。

ある五月の午後、私が都市センターホテルのフロントに立っていると、正面玄関から、長身でスリムな人影が逆光を受けて入って来た。人影は一直線に私の方に歩み寄り、やおら百円コインを出して、フロントカウンターをこつこつと叩いた。咄嗟に両替と判断した私は、十円コインと交換してあげた。携帯もテレホンカードもない時代である。

その人影の主が、当時、『木枯し紋次郎』で一世を風靡し、全小説誌を制覇していた笹沢左保氏であった。笹沢氏はカウンターの上の公衆電話で用話をすませると、逆光の中にシルエットを刻んで立ち去って行った。

この間、一言も言葉を発しない。それが生涯の盟友となる笹沢氏との最初の出会いであった。

後年、その話をすると、笹沢氏は、「夕陽のガンマンだね」と笑った。

私はホテル勤務の傍ら、ぼつぼつ小説を書き始めた。売れる宛のない原稿はデスクの上に堆《うずたか》く積まれていった。もし私が交通事故や病気で急死するようなことがあれば、これら日の目を見ない原稿は、青い光を発するかもしれないと思った。私はその原稿を〝怨稿《えんこう》〟と称んだ。

ホテル在職中、私は結婚した。ホテルにアルバイトに来た女子大生とおもっていたが、大阪本社の総支配人の姪と知って、愕然とした。作家志望であった私は、周囲から総支配人の姪と結婚して、ホテルで出世しようとしているのではないかとおもわれたようである。

大阪本社の東京チェーンホテルにいる限り、いずれはまた大阪へ呼び戻されるとおもった。そんな折も折、オリンピックの開催に間に合わせるべく、ホテルニューオータニの建設が始まった。同時に、実習生が数名、都市センターホテルにも預けられた。ニューオータニが完成するまで、その新入社員の実地教育をするためである。

私は、これこそ千載一遇のチャンスであるとおもった。実習生を預かると同時に、私は自分自身をニューオータニへ売りつけた。経験者を求めていた人事担当者は、大いに喜び、私の希望を歓迎してくれた。ニューオータニへ異動すれば、もはや本社へ呼び返されることはない。東京に留まるほうが、作家志望のチャンスが大きいとおもったからである。

ニューオータニは客室保有数約千五十、収容客数二千二百名、従業員約千五百名、軒高《のきだか》十七階の規模は、当時、東洋最大であり、日本初の超高層ホテルであった。都市センターホテルの二十倍以上の規模を持つホテルニューオータニは、四方八方から集まった一握りの経験者以下、千五百名のほとんどが素人集団で、全世界から集まる客を接遇しなければならない。

都市センターホテルの牧歌的な雰囲気など気配もなく、よい部署は早い者勝ちであった。当時のニューオータニは、鎌倉幕府のようであった。

ホテルが完成して、数百名の新入社員の入社式に、社長の訓辞の後、新入社員を代表して私が答辞を読まされた。

名誉ある役目を仰せつけられたとあって、私は数日かけて答辞を書いた。ところが、答辞奉読の少し前に、総務課が私の答辞をチェックして、全面的に書き直しをさせられた。新しい答辞は、社長と会社に忠誠を誓う、ごく当たり前の、差し障りのない内容であった。

新入社員としての覚悟や、ビジョンなどはすべて削られ、「ああ忠臣」、サラリーマンのお仕着せ答辞であった。

戦時中、学徒出陣の代表者が東条英機首相に向けて読み上げた答辞を連想した。

生等《せいら》謹んで宣戦の大詔を奉戴し、益々《ますます》必勝の信念に透徹し、愈々《いよいよ》不《ふ》撓《とう》不《ふ》屈《くつ》の闘魂を磨《ま》礪《れい》し、強靭《きょうじん》なる体《たい》軀《く》を堅持して決戦場裡に挺身し（後略）

入社当時の総支配人は、青学のOBであり、ガダルカナルの生還率5％という戦場から生還した強者《つわもの》であった。その総支配人が新入社員を前にして訓辞した言葉が、今でも耳に残っている。

「車や電化製品などは、今日売り損なっても、ストックして明日売ればよいが、ホテルの主力商品客室は、今日売り損なえば、ストックして明日の客室に加えて売ることはできない。今日売れなければ、一日単位で消える蜉蝣《かげろう》のような商品である。そのことを肝に銘じてもらいたい――」

ホテルの客室が、一日単位で消えてしまう蜉蝣商品とは、初めて知った。

スーパーには日配（一日単位）商品があるが、売れ残りそうな商品は割引して売れる。だが、ホテルの客室は、当日売れ残っても、割引や叩き売りはしない。

最終学校を卒業して、最初に就いた第一職業の色に染まると、なかなか落ちにくくなる。私はホテルを退社して約五十年になるが、最初に染まったホテルマンの色を、いまだに完全にぬぐい落とせない。現役当時、一遍の忠誠も会社に誓わなかった私であるが、退社後、どうせ落とす金であれば、〝母社〟に落とすようにしている。会社の社員教育のすごさをあらためて悟った。特に総支配人の蜉蝣商品の訓辞は、作家になっても変わることなく、心に刻みつけられている。

「今日浮かんだ発想は、明日は消えている」

館内の人間ドラマ

昨日までの部長や課長は、今日になってみると別の人間にすげ替えられ、明日になるとまた新しい部課長が羽振りを利かせており、飛躍と失脚、異動が日常であり、命令系統が乱れ、下士官や兵隊たちは混乱した組織の中で右往左往しながら、蟻塚のように、ホテルはその巨大な姿を都心の空に立ち上げていった。

それでも一年間、大阪のホテルで実務教育された私は、経験者として主任のポストをあたえられ、ニューオータニのフロントの一角を指揮するようになった。

家族的な都市センターホテルに比べて、巨大なシティホテルは、サービスの工場である。生産されると同時に、消えていくサービスという商品は、チームワークによって商品となり、客に提供される。「この仕事は私がやった」という主張は許されない。自己顕示欲の強い私は、自分が果たした仕事に対して、これは私がやったという署名を入れられないチームワークが不満であった。

私は署名入りの仕事をしたかった。だが、それは、ホテル、特に大型シティホテルでは許されないことである。

そのころから私は、人生の方位転身を真剣に考えるようになった。

ホテルではあらゆるタイプの集う人間万博が、毎日開催されている。また、ホテルに集まる客は、目的が限定されていない。

しかも、一日単位で客が変わる。まさに人間観察の宝庫にいながら、私は閉じ込められた蔵からの脱出を考えていた。どんなに人間を観察していても、蔵の中にいては、人間群像のドラマを書くことはできない。私はチームワークよりも、ただ一人で完成できる仕事をしたかった。そして、その仕事に自分の署名を入れたかったのである。

九年余のホテルマン生活で、表通りでは出会えないような客や事件に対応した。

ホテルの主力商品は客室であるだけに、事件は夜間に発生することが多い。特に夜勤《ナイトシフト》のときには、性的な事件が発生した。

深夜、フロントで不寝番をしていたとき、衣服をかなり派手に引き裂かれた若い女性がフロントオフィスへ駆け込んで来て、「助けて」と言った。

ははーん、とおもったが、「一体、どうしたのですか」と問うと、「上役とバーで飲んで盛り上がったところで、『部屋で仕事をしている。どうだね、私の隠れた仕事場を見学してみないか』と誘われ、従いて行くと、いきなりベッドに押し倒されて、必死に抵抗して逃げて来ました。追いかけて来るかもしれません」と訴えた。

追跡者の影は見えない。とりあえず、温かい飲み物を取り寄せて、彼女の気持ちを落ち着かせ、服装を調えさせて、夜も遅いので、このような場合に備えて用意してある非常室《イマージエンシールーム》に彼女を案内した。

まだ怯えている彼女に、

「あなたがこの部屋にいることは、私以外にはだれも知りません。部屋代は無用です」と、ようやく落ち着いた彼女を寝《やす》ませてから、彼女に乱暴を働いた客に電話を入れた。

客は大手商社の重役であり、

「バーで飲み過ぎて、自分でもなにをしたか、よくおぼえていない。そんな気はまったくなかった。この件はくれぐれも内密に願いたい」と目には見えないが、平身低頭して訴えるように、おろおろ声で詫びた。

被害者は、衣服を毟《むし》られただけで、身体に傷害は受けていないようであった。このあと女性がどう動くか、それはホテルの関わるところではなかった。

翌早朝、その女性がルームキイを返しにフロントへ来て、

「昨夜はありがとうございました。私も無思慮でした。この件は、どうか内密にお願いします」

と言って立ち去った。

館内パトロールはフロントの役目ではないが、私は深夜、客足が絶えたころ、館内を見回るのが好きであった。客室に眠っているさまざまな客の人生のうめき声が、聞こえるような気がしたからである。

午前三時から四時ごろにかけて館内は寝鎮まる。室内の気配は、隣室よりも廊下に洩れやすい。時には男女の妖しいうめき声を聞くこと

もある。そんな一夜、私の目の前を全裸の女性が横切った。私は、幻を見たようにおもった。だが、それは幻ではなく、実景であった。

廊下を挟んで相対している客室は、いずれも大手航空会社が長期数《ブロッ》室《ク》で取っている。おそらく向かい合いの部屋を取った男女の社員が、深夜、交遊しているのであろう。廊下を隔てて向かい合っている部屋であるので、女性がつい油断して裸の訪問をしたようだ。


恋人に捨てられた女性が以前、恋人と共に一夜を過ごした想い出の部屋で、自殺をしようとした。睡眠薬を飲む前に両親に別れの電話をかけた。

仰天した両親から連絡を受けた深夜、当夜はあいにく千室を超えるキャパシティが満室に近く、件《くだん》の女性は変名でチェックインしていた。当夜、夜勤にあたった私は、団体客、家族連れ、男性客を省き、単身女性客の三十数室を絞りだし、深夜であったが人命に関わることであり、協力を求め、夜勤の従業員を総動員して、三十数室の単身女性客の部屋を深夜訪問した。

そして睡眠薬を飲もうとして、怖くて飲めずにいた当該女性を探し当て、両親が駆けつけるまで共にいた。女性はすでに自殺の意志を棄てたらしい。

ホテルはこのような事件は内分に付したい。実際に人命は無事であったので、直属上司に報告しただけで終わった。

盛大な挙式および結婚披露宴の後、大事件が発生した。招待客が新郎新婦、両親の見送りを受け、手に手に記念品を提げて帰って行った後、新婦の姿が突如、消えてしまったのである。

新郎新婦は今夜ホテルに泊まり、翌日ヨーロッパ新婚旅行に出発する予定であった。その新婦が突如として消えてしまったので、新郎以下、まだホテル館内に居残っていた両家の両親や親戚たちが騒ぎ始めた。

従業員を総動員して、館内くまなく探したが、新婦の姿はない。新婚夫妻のために用意した客室には、花嫁衣裳が脱ぎ捨てられ、ハネムーン用に新調された衣服と、愛用のハンドバッグが消えていた。家族、親族、従業員は、新婦が何者かに連行されたと推測した。その理由は不明である。両家の両親、親族たちにも心当たりはない。館内の捜索が終わった後、ベルボーイの一人が、新婦が正面玄関からタクシーに乗り込む場面を見たと報告して来た。ベルボーイはそのタクシーの会社名とナンバーを記憶していた。

直ちにタクシー会社に連絡を取って、当該車のドライバーから、若い女性の客は新宿コマ劇場の近くで下車したことがわかった。社員数名が現場へ急行して、コマ劇場の前に茫然として立っていた新婦を発見、ホテルに連れ戻した。

事情を聞いてみると、新婦には将来を約束した恋人がいたが、彼女を蚊帳の外に置いたまま両家の間に縁談が進行して、今日の挙式となった。

両家両親の強制に押し切られた新婦は、新郎との初夜を前にして、恋人に無性に会いたくなって、ホテルから飛び出した、ということであった。新婦をようやく連れ戻したホテル側は、新郎新婦のその後についいては介入しなかった。

新婦が素直に帰って来たところをみると、両親による強制結婚であっても、新郎と共に新生活をスタートさせたらしい。私は、二人のスタートラインにトラブルがあったとしても、新しく生まれた家庭が幸福であるように祈った。

ホテルには毎日のように、人生のドラマがある。まさに、この道の修業者には理想的な職場であったが、あくまでもチームワークであり、自己顕示は許されなかった。

従業員の〝夜会〟

大阪のホテルで、「ホテルマンの至上課題は、客を満足させることである。それは従業員のチームワークの総和によってつくりだせる。ホテルのサービスというものは生産されると同時に消費される宿命を持っている。それぞれが一回限りで、やり直しは利かない。自分だけ突出しようとしてはいけない。すべてチームワークで行動せよ」と教え込まれた。

責任も連帯責任である。ミスが発生しても、自分がやったことではないとは言えない。私は、客の満足を支えるチームワークの黒衣としてのホテルマンの職性に鬱屈してきた。いくらでも補充のきく歯車やネジではなく、代わりのきかない個性や能力として求められたいという気持ちが強くなってきた。

ホテルの仕事は、特に繁忙期を除いては、おおむね午前二時を過ぎると一段落する。午前五時ごろ、早立ちの客を送り出すころまで、ホテルマンがほっと一息つく時間帯である。

なにごとも事件が発生しなければ、故障部屋やカス部屋と称する、すでに売れた部屋、例えば用事を終えたカップルが出発した部屋などに、フロントやナイトボーイやエレベーター係が不寝番《ウオッチ》を残して集まる。

あまったルームサービスを囲んで、ささやかな宴会を開く。いまなら始末書ものであるが、当時はそんな従宴（従業員の宴会）が許された。

矢絣の和服を着た若いエレベーター係が膝を崩して、カス部屋のカーペットの上に座り込んでいる姿などは、吹きつけるような艶かしさがあった。

従宴が終わり、カス部屋の情事のにおいが濃厚にこもったダブルベッドに、疲れた身体を横たえて仮眠を取っていると、超高層ホテルの壁面に風が鳴った。深夜、カス部屋で壁面に鳴る虎落笛《もがりぶえ》を聴いていると、私は次第に自分が卑しくなっていくような気がした。

入社時、ホテルに骨を埋めるつもりであった私は、そのころから、そこは長居をする場所ではないとおもうようになった。

あるとき、二百人を超える団体が突然キャンセルになった。団体には必ず食事が伴う。客室は別の客に提供できるが、団体の食事にはそれぞれ注文がついていて、個性があるので、他の客に転用することができない。

二百人分のフルコースの夕食が調理され、客に提供する直前でキャンセルされてしまったのである。

食事の代金は保証されているので、ホテル側の損害はないが、せっかく丹精込めてつくった二百食のフルコースが、客の口に一片も入らずに廃棄とされたとあっては、厨房がおさまらない。またゴミとして捨てるためには費用がかかる。

切羽つまった宴会支配人が、途方もないアイディアをおもいついた。

その日居合わせた従業員の手のすいている者をできるだけ呼び集めて、キャンセルされた夕食を食わせたのである。

フルコースの夕食を客に供するように、一品ずつサーブするわけにはいかない。オードブルから主皿《メインディッシュ》、デザートまでまとめて出す。テーブルに置ききれないので床に置く。

豪華なホテルのメインダイニングに一挙にサーブされた二百人分のフルコースディナーを、椅子から溢れた者は立ったまま、あるいは床に座り込んで食っている。

遅い時間帯であったので、出勤していた従業員が少なく、二百人分をなかなか消化できない。フロント、客室、エレベーター、交換台、技術、駐車場係などから、臨時雇いのヘルプまでかき集められた。

胃の腑のキャパシティに自信のある者には、二人前以上食ってもらう。ともかく二百食のフルコースは従業員の胃の腑の中に〝廃棄〟された。豪勢な夜会であった。

ホテルは人間万博が毎日開かれているようであり、多種多様な客がやって来る。

客は到着すると、フロントの受付でレジスターカードに氏名、住所、職業、年齢、外国人はパスポートナンバーなどを記入して、チェックイン手続きをする。

ホテルはあらゆる人間を接遇《アテンド》する。それに伴ってさまざまな事件が発生する。

私は殺人事件に出会ったことはないが、現実に殺人が発生したホテルもある。また暴力団の抗争によって、乱射された銃弾に一般客が当たって死亡した事件もあった。

ホテルの主たる商品が客室であり、プライバシーの保障を売りにしているところから、密室の中でなにが行なわれているか、ホテル側は覗き込めない。そのような環境が、反社会的に利用されることもあるのであろう。

ホテルを彩る人間模様

オリンピックをやり過ごし、平常な日本へ戻ってから、ますます人生の転向を強く求めるようになった。だが、すでに家族がいて、テレビのチャンネルを変えるようなわけにはいかない。

作家志望というだけで、新人賞を獲得したわけではなく、第一、職業を放棄すれば、家族を路頭に迷わせることになる。

鉄筋の畜舎と勝手に称んでいるホテルにいれば、豊かではないまでも、定年までの生活は保障されている。その場限りの雑文書きと、家族を無理心中させることはできない。

だが、私の視野には、自由の大海が広がりつつあった。そこにはチームワークや、連帯責任や、会社に対する責任や使命や義務はない。自由の大海で、あらゆる束縛の鎖から解き放されて、おもうがままに泳ぎたい。

自分以外のだれにも忠誠を誓うことなく、ただ一度限りの人生という時間を与えられた私は、一分一秒といえど、自分と家族以外の存在のために仕えたくなかった。社会に参加してから、すでに九年余り経過している。その間、私一人で生産したものはない。チームワークと連帯責任の鎖を切り離して、自分の人生を独占したい。

ホテルの従業員側の認識不足による事件もある。客はホテルマン（特に大都市の大ホテルの）を人間ではなく、サービスの部品として見る傾向がある。ハイヤーやタクシーに乗って、運転手の耳を気にせず内密の話をするようなケースと似ている。

客に呼ばれて従業員が部屋へ行くと、若い女性客が素裸にバスタオルを巻きつけただけで出て来ることがある。新入りの若いボーイが、そんな女性客にむらむらとして抱きついてしまったことがあった。なんと言われてもホテル側は申し開きができない不祥事である。

私自身も、性質は異なるが、似通ったような場面が生じたことがある。

パスポートによると二十二歳、アメリカ国籍の金髪の美しい女性が、旅行代理店の三泊のクーポンを持って到着した。彼女のチェックイン（宿泊手続き）を私が担当した。

多忙なときは、フロント係は一人でワンシフト、六十ないし八十件のチェックインをするが、自分がチェックインした客は、出発《チエックアウト》するまで自分が責任を持つような意識になる。

その米国人女性は宿泊中、私のところへ来ては、観光地図を取り出して、交通案内を求めた。

彼女は三泊のクーポン券の期限が切れても滞在を延長した。映画「旅情」のように豊かな高級ＯＬが東京の休日を楽しみに来ているのであろうと、私はおもった。

だが、一週間を過ぎても、彼女は出発せず、一日刻みに滞在を延長した。私は不吉な予感がした。

ホテルにとって予約なし《ウォークイン》の若い女性の単独客、ＬＢと呼ばれる荷物を持たないか、まったくないウォークインの客、客室料金に比較して飲食費が極端に多い客、マナーの悪い客、年齢、服装、言葉遣い、容姿等が著しくアンバランスなカップル、訪問者が多すぎる客などは要注意とされる。

旅行代理店のクーポンを持参したので滞在延長を認めたが、クーポンを持っていなければ、歓迎しない客であった。

当時、請求書は三日単位で出した。だが、九日目にも清算せず、さらに延長を希望した彼女に、私は不安になって彼女の部屋に電話をかけて請求した。すると、彼女はいま支払うから、部屋に来てくれと言った。

私が部屋に赴くと、シャワーでも使った後らしく、ホテル備えつけの浴衣を着て、身体から湯の香りがした。彼女はソファーを指して坐れと言った。

彼女と向かい合う形で坐った私は、早速、新たな請求書を差し出した。彼女は請求書にちらりと向けた目を私の方に転じて、

「いま、お金は持っていない」

と言った。なんとなくそんな答えを予測していた私は、困ったことになったとおもいながらも、日本に知人はいないか、いなければアメリカから送金してもらいたいと言った。すると彼女は私の目の前で、浴衣の前をはだけて、自分の身体で払うと言いだした。

そんな場面に初めて遭遇した私は、目がくらくらとした。私の混乱を観察しながら、彼女は、

「充分それだけの価値はあるわよ。ミスター・モリムラ、少しお金を貸してくれない？」

と自信ありそうな口調で言った。私の出方次第で、その後はいかようにも展開できる場面であった。

もし彼女のリクエストを受け入れていれば、そのとき私は職を失っ

たかもしれない。だが同時に、男として千載一遇の機会を逸したような気がいまでもしている。

夜勤の深夜、私はホテルの廊下を歩いた。一夜ごとに交替する人生がパックされたホテルの深夜は、私の想像力をかき立てた。

午前五時ごろ、仮眠の眠い目を擦りながら、早立ちの客に対応するころ、ロビーに曙光が射し込んでくる。竣工なって間もない文藝春秋のビルが、朝焼けの東の空に幾何学的なシルエットを刻む。まさに都会の朝であり、長い、ストレスの高い夜勤の最も好きな時間帯であった。

午前九時に日勤に引き継ぎをしてオフになるが、夜勤の興奮がしばらく残って、すぐには帰宅する気になれない。ただ、なんとなく興奮しているだけで、時間を無駄にしているだけの不毛の興奮である。会社や組織の中で働いていると、このような不毛な興奮が多い。

ようやく会社を出ても、家に直帰する気になれず、行きつけの店で道草を食う。興奮と共に、一方では労働力の一単位にすぎないストレスが溜まってきていた。

都市型ホテルではサービスにむらができないように、チームワークによるすべての客を平等に接遇するサービスがマニュアル化されている。

だが、そこは人間であるから、客と従業員の間に個別の親密な関係が生まれる。客も自分によくしてくれる従業員には心付をはずみたくなる。せっかくの客の感謝や好意のしるしを、マニュアルを振りかざして無下にも断れなくなる。

機械的なサービスと異なり、人間のサービスにはむらが生じるのはやむを得ない。だが、心付を当てにするようになると卑しくなる。自己顕示欲の旺盛な私は、チームワークの中に個性を埋め、客の満足を支える黒衣になることに、次第に疲れてきていた。

ふと、客の波が絶えた午後の真空時間帯、私はフロントに立っていると、南条範夫氏の名作『燈台鬼』を想起した。

遣唐使として中国に渡り、行方不明になった父を、その子が遣唐使となって捜索中、送別の宴の席上で眼前の燭台が動いた。それこそ彼の父の変わり果てた姿であったという物語である。
私自身もフロントに立ちながら、燈台鬼に化していくような気がした。

松本清張氏との出会い

ホテルで鬱屈していた私に、出版社に就職していた学生時代の山仲間・山路が、「ある実務雑誌で連載中のライターが急病で書けなくなった。代筆《ゴースト》を務めてくれないか」と持ちかけてきた。

ものを書く方面への軌道変更を考えていた私は、その話に飛びついた。山路は学生時代、ハイキング部誌に書いた私の文章をマークしていたのである。

私のゴーストは評判がよく、今度は私の名前で連載をしてみないかという話がきた。これが私の処女作となった『サラリーマン悪徳セミナー』である。一年の連載の後、単行本になって書店に並べられた。

ホテルでは副業は歓迎されていなかったので、連載中はペンネームを用いたが、単行本刊行と同時に本名に戻した。ペンネームでは私の自己顕示欲を満たさなかったからである。当然、私の副業はホテル側に知られてしまった。

上司が私を呼びつけて、

「主流になりたかったら、副業をするな」

と忠告した。

そのとき私は、ものを書くことを本業としようと心に定めた。『サラリーマン悪徳セミナー』の効果は意外に大きく、石川喬司氏が、「サンデー毎日」の書評に取り上げてくれた。つづいて当時の男性週刊誌「F6《エフロク》セブン」、労働新聞社、宗教機関誌、修養団などから相次いで連載依頼がきた。

私の処女出版を知った常連客の、当時、現代俳句協会会長であり、小倉の外科医であった横山白虹氏が、「松本清張を紹介してやろう」とおっしゃった。

白虹氏は清張氏のデビュー前、赤貧洗うがごとき時代、盲腸になったとき、出世払いで手術をしてやったと聞いた。

月産二千枚、日本の文芸界を独走していた感のある清張氏も、白虹さんには頭が上がらないということであった。その白虹先生ですら五分しか面会時間が得られなかった。

「清張さんも偉くなったもんだよなあ。五分とは刻んだねえ」

と白虹氏は清張邸に赴く車の中で洩らした。

ところが、五分の面会中、清張氏は私を一顧だにせず、白虹先生とばかり話していた。

五分はたちまち切れかけていた。私はついに痺れを切らして、お二人の会話の切れ間に、

「先生の作品はほとんどすべて拝読していますが、ホテルを舞台にした作品の中に重大なミスがあります」

と割って入った。清張氏は初めて私の方に目を向けて、

「どこに、どういうミスがあるのか言ってみたまえ」

と眼鏡越しにじろりと睨んだ。私が説明すると、夫人にペンと紙を持って来てくれと頼んで、

「きみ、ホテルのフロントのシステムを説明してくれたまえ」

と言った。そして延々二時間、私は取材を受けた。今度は白虹先生が清張氏の視野の外に置かれてしまった。

このときの清張さんの的確で執拗な質問に、作家たる者の姿勢を見たようにおもった。

取材を終えると清張氏は上機嫌で、「コメントを書いておくから、本を置いて行きたまえ」と言ってくれた。

帰途の車の中で白虹先生が、

「これできみの運命が変わるかもしれないな」

とつぶやいたのが印象的であった。

作家への野心

梶山氏や笹沢氏から強い刺激を受けていた私は、就職九年目にしてホテルからの脱出を考え始めていた。

私はホテルの月給以上の原稿料を稼ぐようになった。だが、いずれも雑文依頼で不定期であり、不定の原稿収入に家族のある生活を賭けるのはあまりにも危険であった。

こんな時期、ホテルの親しくしているチーフバーテンダーから、近く開校予定の観光専門学校で講師を求めているという情報を聞いた。チーフの知人が、その学校の関係者で、もしその気があるのであれば推薦したいと言ってくれた。

ホテル脱出の機会を虎視眈々と狙っていた私にとって、その情報は渡りに舟であった。

週四回の講義と、不定ながら原稿料収入を合わせると、なんとか生活できそうであった。家族も好きなことをやった方がよいと協力的であった。

週四回（四日）の講義であるが、週休三日である。出講日もホテルのように長時間拘束されることはない。おもうだけで、私は視野に海が開いたような自由感をおぼえた。

こうして私は九年余のホテルマン生活に別れを告げた。

退社前夜、ホテル内のコーヒーショップに仲間たちが集まって送別会を開いてくれた。仲間の一人が立って、「森村文学の門出を祝って乾杯」と発声してくれた。森村文学もなにも、私はまだ一冊しか書いていなかった。だが、仲間の発声は皮肉ではなく、私の将来を激励する実意が感じられて嬉しかった。

上司が、

「もし書けなくなったら、いつでもホテルに戻って来いよ」

と言ってくれた。上司は好意的に言ってくれたのであるが、たとえ野垂れ死にしても、二度とホテルには戻らないと、私は自らに言い聞かせた。

その夜、送別会が終わり、上智大学のキャンパスに沿う堤の末端に立って、私はホテルの建物を振り返った。満楼に灯火が競い、満艦飾の巨艦のように見えた。

ホテルは私がいなくなってもなんの影響もなく、その営業をつづけていた。転社して三年、大学を出てから十年弱働いた職場に、私の足跡はまったく残っていない。

私にとって鉄筋の畜舎のようであったホテルからようやく脱出できた喜びと同時に、私は虚しさをおぼえた。

しかし、これまでは会社《ホテル》のために働いてきたが、これからは自分のために働けるという喜びが私を満たしていた。

自由の身となった私は、毎月、収入は不安定であったが、毎朝起きると、さあ、今日も一日、自分のために働けるぞと、自由の実感を味わった。ホテルマン時代には決して味わえなかった実感である。

ホテルに勤めていたころは、通勤時間も片道一時間半、満員電車に鰯のようにつめ込まれて、長くストレスの高い仕事であった。毎日出勤するとき、少しずつ自殺をしているような気持ちがした。

実はその期間、作家の下地となる人間観察の宝庫にいながら、私はそこから脱出することしか考えていなかったのである。

V

作家だけの証明書

作家へ転身

　こうして私は、自由（行き倒れる自由を含む）を取り戻したのである。前途不安に満ちた自由の船出であったが、毎朝、私は楽しかった。目を覚ますと新鮮な空気を胸いっぱいに吸い込む。今日一日も自分のために使えるとおもうと、昨日と同じ今日、今日と同じ明日を繰り返す宮仕え時代に比べて、毎日が新鮮であった。自分のために生きるということがこんなにも素晴らしいとは、予想以上であった。

お先真っ暗な明日（未来）であったが、若さが不安を揉《も》み消してくれた。未来は未知数であり、未知数が多いということは、無限の可能性に恵まれているということである。

私は雑文書きとパートタイムの講師の間、原稿を抱えて各出版社に持ち込んだ。持ち込み先で断られることが多く、受け取ってくれてもなかなか読んでもらえなかった。

仮に読んでくれても、「君は小説の書き方がわかっていない。小説の書き方をＡＢＣから学び直しなさい」と言われて、原稿を返された。

小説の書き方など決まっていない。どんな書き方をしようと、作者の自由ではないかと私は悔しがった。

出版社を〝巡礼〟中、持ち込み作品が編集者の眼鏡に適《かな》い、掲載内定となった。有頂天になった私は、家族、親戚、友人たちに、私の作品が採用されたと知らせまくった。

間もなく出版社から呼び出された。いよいよ掲載と、地に足がつかないほど躍り上がって駆けつけたところ、シャツを腕まくりした別の編集者が、私の原稿を手に丸めて持ち、

「編集長が交代したので、この原稿は一応お返しします」

と言って、私の目の前に、筒のように丸めた原稿をポイと投げ出した。

束《つか》の間、冗談だろうとおもったが、腕まくり編集者は、すでに荷物を降ろしたかのように立ち上がっていた。私は目の前が暗くなった。

丸めた原稿をようやくピックアップし、席を立った私は、玄関前に立

ち並んでいる社員たちと出会った。

何事かとおもって向けた視線の先に、黒塗りのハイヤーが停《と》まっていて、ＶＩＰらしい人物が乗り込もうとしていた。社員たちが一斉に頭を下げた。ＶＩＰは司馬遼太郎氏であった。

雨が降っていた。傘は持っていなかった。帰路、しょぼ濡《ぬ》れて、四ツ谷駅まで歩いている間、涙が込み上げてきた。

片や多数の社員に見送られて、黒塗りのハイヤーに乗って帰る天下の巨匠と、一方、掲載内定を取り消されて、丸めた原稿を手に持ち、濡れそぼった野良猫のように、とぼとぼ歩いている自分との間の絶望的な距離をおもい知らされていた。不幸中の幸いに、雨が無念の涙を洗い流してくれた。

今日の悔しさも、巨匠との圧倒的な距離も、自分の自由に含まれるものであると、自らに言い聞かせた。自由がなければ、このような経験は得られない。会社にいれば、そのポリシーに忠誠を誓う限り、厚い庇護《ひご》を受けられる。

その日は私にとって記念すべき教訓《レッスン》の学習日であった。

一作でも作品を書けば作家である。だが、それは自称作家であるにすぎず、社会的には認められていない。

作品は読者がいない限り、日記と大差ない。読者がいて初めて作家となる。

それもある程度まとまった数の読者がいなければ、同人誌の狭い世界の中で、切磋琢磨《せっさたくま》、あるいは作者と読者を交代しながら、自己満足していなければならない。

ある程度まとまった数の読者、あるいは通読圏（作品が読まれる範囲）を持っていなければ、プロの作家とはいえない。例えば通信機のまったくない無人島や、閉鎖された辺地で、いくら作品を積み重ねても、受け取り手（読者）がいなければ意味がない。壁に文字や絵を彫り込んで、後代の読者に読まれれば、それは時間をおいて受け取り手がいることになる。

作家になった以上、できるだけ多くの読者に我が作品を読まれたいと願うのは、作家の本能である。ホテルで九年余働いていた間、仕事はチームワークの成果ではなく、自分一人が完成した仕事、あるいは自分の作品をできるだけ多くの受け取り手《レシピエント》に評価してもらいたいという願望を胸の奥に押し込めていたので、自由の身となると同時に、潜在願望が、休火山が噴火するように熱いマグマとなって噴き出してきた。噴き出すだけでレシピエントがいない。

日本の企業は社員の労働力だけではなく、人格の支配までも求める。たとえ自由時間であろうと、社員の意識は会社に向いていなければならない。

会社のポリシーと社員の人生の個人的な目的は別のはずであるのが、同心円でなければならない。それが異心円、それも二つの円心の距離が遠いほど、その社員は会社の主流から遠ざかっていく。

組織のポリシーに忠誠を誓い、その鋳型に抵抗なく嵌《は》め込まれた者には、厚い庇護があたえられる。

会社の庇護は栄養が豊富であると同時に、社員の野性を去勢する甘い毒が仕掛けられている。

会社を辞めた者は異心円どころか、望むならば別の宇宙に住むこともできる。なにをしようと、なにをすまいと、なにものにも所属せず、自分にだけ忠実に生きることができる。だが、それは同時に野垂れ死にする自由も含んでいる。

私は退社してから、会社の庇護がいかに手厚かったかをおもい知った。

給料日になっても、だれも給料をくれない。社会保険がなくなり、保証人にすら立てない。社名を冠した名刺を出すだけで信用してくれた社会が、わずかな飲食ですらツケが利かなくなった。ボールペン一本、便箋一枚も自分の金で買わなければならない。

会社に終生忠誠を誓った者には、会社の庇護は給料だけではなく、住宅、健康、信用、娯楽、結婚、子弟の教育、人脈など、あらゆる分野にわたり、死後にまで及んでいる。

だが、それらの手厚い庇護を代償にして手に入れた自由は貴重であった。もはや私は一分一秒たりとも他の者（自分と家族以外の者）に対して働く必要はなくなった。たとえ他の者のために働く場面があっても、あくまでも自分自身のポリシーから発している。

鉄筋の畜舎で手厚く飼われていた社奴の身分から、荒野で餌を探す一匹狼の身分になったわけである。荒野に餌を探せなければ、私一人だけではなく、家族も路頭に迷ってしまう。不安ではあったが、爽快でもあった。

人生には何度か大きな賭けをしなければならない場面があるが、そのときの判断は前半生で最大の賭けの一つであった。

それまでは毎月二十五日、べつになんの感慨もなく給料を受け取っていたが、退社後手にする原稿料や講師のギャラは、社会から切り取ってきたような気がした。同じ金であっても、後者には血が滲んでいるように見えた。

私が講師の職を得た観光専門学校は、千代田区一ッ橋の毎日新聞社があるパレスサイドビルにあり、当時の富士写真フィルム秘書室長、ビジネス評論家として名高い夏目通利氏が名誉学長を務め、岡本愛彦《よしひこ》氏や、毎日新聞社のＯＢ、マスコミ各社のＯＢなど、錚々たる講師が揃っていた。

私はホテル学科を担当し、一日四時間、週四日出講した。当時の生徒には、大学卒業後再入学したり、企業からの受託生などがいた。優秀な生徒が揃っていて、勉強不足のまままみえると、生徒から返り討ちに遭ってしまう。

この講師の仕事は、現場の経験を整理し、見つめ直し、体系化するよい勉強となった。現場では、日々の仕事の波に溺れて、森の中で木を見て森を見ぬように、仕事全体を俯瞰することが少ない。現場人間の現場知らずである。ホテルから観光専門学校に移って、私は初めて自分を労働力の単位ではなく、個性として求められた。時間単位の

〝時雇い《パート》〟であったが、個性として求められる喜びは大きかった。講師の数を最小限に絞っているので、休講すれば代行者はいない。それだけに責任が重かった。

長編小説の処女出版

東京スクール・オブ・ビジネス（観光専門学校）にパート講師として出講中、「F６セブン」に連載していた「サラリーマン・コント集」を読んだ青樹社の当時の那須編集長が、私を訪ねて来て、これを単行本にまとめたいというオファーがあった。

かねてよりコントではなく、本格的な長編小説を書きたいという野望を抱いていた私は、この機を逃さずとばかり、那須氏に売り込んだ。那須氏は、仕上がったら持って来なさいと言ってくれた。こうして書いたのが、初の長編小説「大都会」である。

那須氏はそれを預かってくれた。預かるということは出版するという意味ではなく、よかったら出してもよいというはなはだ曖昧な口約束である。

その後、何度も講義の帰途、青樹社に立ち寄ったが、私の原稿は那須氏の机の定位置に埃を被ったまま、一センチも動いた痕がなかった。その間に、『サラリーマン・コント集』『不良社員群』が出版された。売れ行きはさしたることはなかったようであるが、東映から映画化の話がきた。これに気をよくしたらしい那須氏は、「大都会」に目を通してくれた。

原稿を提出して三ヵ月ほど後のある日、那須氏から突然、隣家に電話がかかってきた（当時、我が家には電話がなかった）。恐る恐る隣家の呼び出し電話に応答した私の耳に、少し興奮したような那須氏の声が、「『大都会』を読んだ。面白いよ。すぐに出版する」と告げた。

内容には自信があったが、提稿したままなしのつぶてにあきらめかけていた私は、那須氏の言葉が信じられなかった。こうして『大都会』は出版されたが、売れ行きは芳しくなかった。

だが、那須氏は、

「この人の原稿は、必ず将来、我が社のドル箱になる」

と社長を説得して、長編社会小説『幻の墓』、『分水嶺』とつづけて書かせてくれた。

売れ行きは五千部刷って、わずか三百部という惨憺《さんたん》たるものであった。そのうちの二百部は私が買ったのであるから、百部しか売れなかった勘定になる。だが、その百部の読者の中に当時浪人《ろうにん》中の角川春樹氏がいたのである。

さすがの那須氏も頭を抱えて、『銀の虚城《ホテル》』は出版と同時に赤本（定価の四ないし五割で売る）で市場に出した。

那須氏は、

「本は読者に読まれなければ意味がない。赤本でも読まれないよりはましだ」

と言った。
だが、『銀の虚城《ホテル》』は意外に健闘して、八割ほど売れた。

江戸川乱歩賞

私はつづいて「虚無の道標」千八百枚を書き上げて、那須氏に持ち込んだ。さすがの那須氏も、あまりの大長編に驚いて、私に千枚に削るようにと命じた。千八百枚を千枚に削るのは至難の業であった。だが、削らなければ出してもらえない。

私は東京スクール・オブ・ビジネスの講義のかたわら、「虚無の道標」の削減作業に勤しんでいた。

すると、那須氏は私に、

「きみの作品はミステリーの味が濃い。一度、ミステリーを書いてみてはどうか」

と勧めてくれた。

那須氏の勧告を受けた帰途、ふと立ち寄った書店で、なにげなく取り上げた「小説現代」に乱歩賞の募集要項を見つけた。那須氏の勧告の直後であったので、私はなにか運命的なものをおぼえた。

応募枚数は五百枚、締め切りまで一ヵ月しかなかった。

早速「小説現代」編集部に問い合わせると、締め切り期限後一週間ぐらいなら受け付けてくれると言った。

私は帰宅すると、使えるすべての時間を投入して、ミステリーの執筆に取りかかった。こうして締め切り期日当日に、約五百枚の「高層死角」を書き上げた。応募時点ではタイトルの「の」は入っていなかった。これが『高層の死角』で、だめでもともと応募したところ、受賞した。

最寄りの郵便局から応募原稿を発送するとき、私はおもわず原稿に向かって手を合わせた。その日は雪が降っていた。

発送後、原稿が一枚抜けていたのに気づいて、慌てて後から一枚追送した。その一枚が、選考委員が本体の原稿を読み上げた後に追いかけてきたと後から聞いた。そんな杜撰《ずさん》な応募で受賞通知を聞いたときは、天にも昇るおもいであった。

同期応募者には夏樹静子氏や、大谷羊太郎氏（翌年度受賞）がいた。担当の講談社の片柳七郎氏から、かつてない激戦であったと聞いた。運がよかったのである。

すでに夏樹氏はＮＨＫで「私だけが知っている」の脚本などで名前を成している作家であり、応募者中、最も下馬評が高かった。

那須氏も、

「今回は望み薄いから、次回を期せ」

と言った。

それだけに受賞の通知が信じられず、またその喜びは大きかった。

乱歩賞授賞式は華やかであった。

松本清張氏が最初に祝辞を述べてくれて、山村正夫氏がパーティの司会を務めてくれた。那須さんや、青樹社の土井社長、専門学校で一緒であった夏目通利氏、クラスメイト、ホテルの同僚たちが集まってくれた。来賓の中に国会議員がいたのには驚いた。

受賞の挨拶《あいさつ》に立った私は、緊張していて、なにをしゃべったかほとんどおぼえていないが、

「これまでは会社のために働いてきましたが、今後は自分のために働きます」

と言ったことはおぼえている。

私の受賞をだれよりも喜んでくれたのが那須さんであった。二人だけで、私の母社《ぼしゃ》ホテルニューオータニで祝杯をあげた。

青樹社に預けてあった千八百枚の大長編を千枚に縮める作業は、骨

身を削るように苦しかった。ようやくその作業が終わったとき、受賞通知がきたのである。

那須さんは早速、受賞祝いに千八百枚のまま、その作品を出版してくれた。そのときの帯に、でかでかと「受賞前第一作」と刷られていた。受賞後第一作はよく見受けるが、前第一作は初めてである。

私が作家になれた第一の恩人は、那須さんである。そしてその後、私のミステリー作品に登場するデカ長は、那須警部になっている。

受賞後のサバイバル

ホテルを退社してから、荒野の一匹狼になったが、小説の分野では無名であるということは、どんなに自信のある作品を書いても無視されるということを学んだ。一匹狼であることには変わりないが、ようやく大手出版社から鑑札をもらったような気がした。

「私はいままで会社のために働いてきましたが、今後は自分のために働きます」

この挨拶の断片が面白かったらしく、いくつかのマスメディアに引用されていた。乱歩賞をもらえば、翌日からリッチになれると勘違いしていた私は、約半年、鳴かず飛ばずであった。

受賞一ヵ月ほどして、以前、テレビに一緒に出演して以来、知遇を得ていた佐賀潜氏に挨拶に行った。

佐賀潜氏は、当時「法律」シリーズでミリオンセラーを連打し、連載十数本、所得番付のトップを松本清張氏と争っていた超人気作家であった。

繁盛している医者の待合室のように、各社編集者が佐賀氏との面会を待っていた。順番を跳躍して私に会ってくれた佐賀氏は、「受賞おめでとう」と祝ってくれた後、

「ところできみ、受賞後第一作は書き終えたかい」

と問うた。私は氏の言葉の意味がわからなかった。受賞通知を受けてまだ一ヵ月弱である。この間、私は友人から祝辞やインタビューを受けたりして舞い上がっていた。

私が、「まだ取りかかっていません」と答えると、佐賀氏は口調を改めて、

「きみ、なにをやってるんだ。おれだったら二冊ぐらい書き上げているぞ。受賞の値打ちがあるのは一年、きみが話題にされるのはせいぜい一ヵ月、来年になれば次の受賞者が出る。文学賞は乱歩賞だけではないぞ。ぼくのところに挨拶に来るような閑《ひま》があったら、第一作を書きたまえ」

と発破をかけた。

舞い上がっていた私は仰天した。受賞通知を受けてから一ヵ月そこそこで、第一作はまだかと聞かれようとは夢にもおもっていなかった。

受賞作は一ヵ月で書き上げたが、それは瞬間最大風速であり、とてもそのペースを維持できない。これは大変な世界に入り込んでしまったなとおもった。

だが、佐賀氏の〝待合室〟の様子を見れば、その言葉が決して誇張でないことがわかった。

さすがに文豪や巨匠犇《ひし》めくこの世界で、サバイバルを賭けてトップランナーを維持している佐賀氏の言だけあって、説得力があった。だれのために戦うのでもない。生き残りを賭けて自分のために戦うのである。会社勤めのころのように連帯責任などという曖昧な責任はない。自分の作品に対してはすべて自分一人で責任を負う。明解で誤魔化しがない。

サラリーマン時代は人間関係に六分、仕事に四分、気を遣った。もしかすると七分、三分ぐらいであったかもしれない。だが、この世界では自分の持てる力のすべてを作品に注ぎ込む。仕事以外に気を遣うとしても、社会生活の上で必要な社交や礼儀だけである。強制は一切ない。

佐賀氏の言葉を聞いたとき、束の間びっくりしたものの、これこそ自分が住みたいと願っていた世界だとおもった。

学生時代、山が好きで、地元の奥秩父からスタートして、南・北アルプス、全国の山に足跡を残した。学校を出たら、山関係か牧場の仕事に就きたいとおもったこともあった。

いまでも山は好きで、以前のように激しい登山はしなくなったが、旅行の途上、面白い山があれば登ることがある。

壮大な風景、塵一つ浮遊していないような高層の大気、山肌を埋める原生林、山麓に涌く豊かな温泉、夜は凄絶な星空。そんな場所に久しぶりに身を置くと、心身共に洗われるような気がする。

だが、何日もいると落ち着かなくなってくる。都会のテンションがまったくないので、なんとなく世の中から取り残されてしまうような気がする。

街へ帰って来て騒音に包まれ、排ガスを吸いながら時間に追われるような生活に戻ると、ほっとするのである。私はいつの間にか美しい風景や、きれいな空気だけでは生きられないようになっていた。

排ガスに汚れた都心、犇めく人の波、高い緊張こそ、自分が生きる環境になっている。レクリエーションとして山へ行くのはよいが、そこに永住することはできない。

「俺たちゃ街には住めないからに」

と歌う「雪山讃歌」とは逆になってしまった。山や原生林は雷鳥や、熊や、猿に任せておけばよい。

選考委員へ御礼参り

その後間もなく、佐賀潜氏は癌に冒され、入院した。病院に見舞いに行くと、ベッドサイドに速記者を呼び、病床で口述筆記をしていた。明らかに死相の浮かんでいる顔で口述筆記をしている姿は、鬼気迫るものがあった。

私を見ると、

「治療行為はすべて終わった。いまは回復を待ちながら仕事をしているんだ」

と言った。そのとき佐賀氏は、

「乱歩賞作家書き下ろしシリーズをやろう。きみと一緒にぼくが書いて、シリーズのトップバッターに立とうじゃないか」と提案して、講談社に持ちかけた。

だが、佐賀氏はその後間もなく、不帰の人となり、乱歩賞書き下ろしシリーズは陳舜臣氏と共にスタートした。

この年七月二十日には、アポロ11号が月面に着陸した。

当時、乱歩賞受賞者は選考委員に挨拶に行く慣例があった。五人の選考委員中、横溝正史氏、高木彬光氏、中島河太郎氏、仁木悦子氏の四人からはアポイントメントが取れ、それぞれのご自宅を訪問して歓待された。

横溝正史氏は真夏の訪問予定日、朝から部屋を冷やして待っていてくれたそうである。『獄門島』や『八つ墓村』等のミステリーの名著で知られる大巨匠に面会するとあって、こちこちになっていた私を、まったく対等に、十年来の知己のように温かく迎えてくださった。私は横溝氏が天下の巨匠であることを忘れ、いい気になって長居をしてしまった。

ようやく尻を上げかけると、横溝氏が、まだもう少しいいじゃないかと引き止めてくれた。

横溝氏と対照的であったのが松本清張氏である。何度面会を申し込んでも、忙しいからとアポイントメントをくれない。だからといって挨拶に来なくてもいいとは言ってくれない。

困り果てて佐賀潜氏に相談すると、

「いま清張さんからアポを取ろうとしても無理な相談だよ。かまうことはないから、アポなしで押しかけなさい。奥さんに会って挨拶すれば、それで義理は果たせる。そうだな、手土産には三千円の山本海苔なんかどうだい」

と忠告してくれた。

私は佐賀氏の忠告を忠実に守って、ある真夏日、三千円の山本海苔を手に持って、松本邸を訪問した。他の四人の先生方には手ぶらで会いに行ってしまった。

清張邸の前には、大手出版社の社旗をつけたハイヤーが停まっていた。

清張氏は玄関脇の応接間で編集者と用談していた。そこへアポなしの私が飛び込んで来たものだから、取り次いだ奥さんに、「突然訪ねて来ても会えない」と言っている清張さんの声が玄関にまで聞こえた。それを夫人が取りなして、玄関まで引っ張って来てくださった。

清張さんは私を見ると、

「やあやあ、頑張りたまえ」

と声をかけてくれた。それだけである。

四年前、横山白虹氏に紹介されて、私の処女作にコメントをくださったことなどはきれいさっぱり忘れていたようであった。

新人作家にとっての維持要件《メンテナンス》

乱歩賞受賞後、一年ほどは鳴かず飛ばずであったが、小説誌からの依頼が次第に増えてきて、どうやらプロの作家らしくなってきた。

乱歩賞受賞者は、まず最初に「小説現代」に短編を発表すると聞かされていた私は、自動的に掲載されるとばかりおもっていたが、受賞後書いた五作を突き返された。つまり、新人としての熱感に欠けるというのである。その間、夏樹静子氏の作品が先に掲載されて、夏樹さんから、「小説現代と喧嘩《けんか》でもしたの？」と聞かれた。

「小説現代」前に、最初に注文がきたのは、学研の「中学3年コース」であったようにおもう。中学生向きのミステリーを書いてくれという依頼であった。つづいて、「小説宝石」と「問題小説」がほぼ同時にきた。そのため、「小説現代」を含む三誌にほぼ同時に掲載されて、ようやくプロ作家らしくなった。

当時は文芸誌の最盛期時代で、三誌（「小説現代」「オール讀物」「小説新潮」）、五六家《コロッケ》（三誌プラス「小説宝石」「問題小説」「小説サンデー毎日」または「小説推理」）等が、実売三十万部以上を記録していた。

今日と比べて、作家の数が少なく、六誌または七誌の執筆者が各誌に顔を連ねていて、「社員食堂の出し物」のようだと言われた。

私も講談社担当、片柳氏から、

「プロの作家として、長編書き下ろしだけでは苦しい。文芸誌に常に作品が載るようにしなさい」

と助言された。その言葉を裏書きするように、人気作家が全誌制覇(六誌に同一作家の作品が掲載される)を競った。

その典型が、笹沢左保氏や梶山季之氏、佐賀潜氏であった。松本清張氏は月産二千数百枚、笹沢氏や梶山氏は月千枚を超えていた。

私は佐野洋氏から、

「君、いまどのくらい書いているの」と問われて、

「月、約三百枚です」と答えると、

「意外に少ないねえ」と言われた。

その後発奮して、月産六百枚を超えたが、千枚には達しなかった。

私自身の記録では、一挙掲載（旧「野性時代」）、八百枚であった。当時は、広告に顔を揃《そろ》える作家たちの筆名は、ほとんど知っていた。だが今日は、作家の数は多く、広告に名前を連ねる作家の三分の二ほどは知らない。それだけ作家の生存競争は熾烈《しれつ》になっているといえよう。新人賞を受賞しても、三冊出版して採算が取れなければ、引導を渡される。

なぜ作家のインフレになったのか。

マスエンターテイメントの選択肢が多くなったからである。携帯電話やスマートフォンの出現によって、本を読む人が激減した。それに反して、作家の登竜門である新人賞や懸賞小説が増えたことである。因《ちな》みに最新のデータによると、新人文学賞の数は地方自治体を含めて二百六十余、生き残る人五名〜十名前後という。つまり、需要が減ったのに対して、供給が増えたのである。

私と同世代、昭和一桁、あるいは二桁初期の作家は、作家以外の何者にもなりたくないという人種が多かった。だが、作家の数が激増するにしたがい、作家志望者に選択肢が増えてきた。男子（女性含む）たる者、小説だけが人生ではないという姿勢である。

作家は、職業ではなく、状態であるという意見もあるが、作家以外の何者にもなりたくない人は、それ以外の生きようはないと決めているので、一応職業といえよう。職業を選ぶということは、人生を選ぶことであり、この道一筋に、他の選択肢はない。

まず作家に求められることは、自ら納得のいく作品を書くことである。特にデビューして間もない新人作家には、重要な課題だ。作家にはスランプがつきものである。どうしても書けない。なにを書いても納得しない。書きたくない。そういうときが必ずくる。

作家には、読者との関係を基準にして、三つのタイプがある。一は、ニーズもなく、書けない。二は、ニーズはあるが、書けない。三は、ニーズもあり、書ける。

このうちで最も辛《つら》いのは、第一のタイプであるが、デビュー前は書けてもニーズがない。まだ作家とはいえない身分であるが、これがいちばん辛い。私のデスクには、嫁入り先のない原稿が山と積まれた。いくら自分に納得のいく作品が書けても、ニーズがなければ紙の山にすぎない。

デスクの上に、埃《ほこり》に埋もれて山となっている原稿に、

「我慢しろ。いつの日か、必ずおまえたちを玉の輿《こし》に乗せてやる」

と保証のない言葉をかけていた。そして家人に、

「もし自分が交通事故や災害などに遭って、この原稿の嫁入り先が終生失われてしまったら、深夜、蒼《あお》い光を発するだろう」

と遺言のように言った。

「怨稿《えんこう》」と称《よ》んだ、それら嫁ぎ先のない原稿を入れた柳行李《やなぎごうり》（柳で編んだ雑品入れの箱）がいっぱいになったころ、注文《ニーズ》が次第に増えて、どうやら作家として独り立ちできるようになってきた。

カッパ・ノベルス

乱歩賞は私の代で第十五回、先輩に陳舜臣氏、佐賀潜氏、戸川昌子氏、西村京太郎氏、斎藤栄氏など、錚々たるメンバーがいたが、まだ歴史は浅く、今日のようなネームバリューがなかった。

受賞後約一年、光文社のカッパ・ノベルスから書き下ろしの依頼がきた。当時、カッパ・ノベルスは日本の推理小説のメッカで、松本清張、笹沢左保、水上勉、高木彬光、佐賀潜、梶山季之、佐野洋などの当代の人気作家の作品を揃えていた。

各賞受賞者の作品もなかなかカッパ・ノベルスには入れてもらえな

い。そこから依頼がきたので、私は緊張した。こうして書き上げたのが『新幹線殺人事件』であった。

だが、ようやく脱稿した作品は、二百数十ヵ所の赤字を入れられて返されてきた。

さらにこれを丹念に推敲して提稿、ようやく出版の運びとなったとき、光文社の労働争議が発生した。

争議は泥沼化し、『新幹線殺人事件』の発行は不可能ではないかと噂された。数社から、我が社から出版したいというオファーがあったが、担当の窪田清氏が、「必ず出版するから、私に預けてくれ」と言った言葉を信じて、氏に作品を託した。

『新幹線殺人事件』は脱稿後一年弱、お蔵入りとなった。全力を傾けた作品が一年もお蔵入りとなった不運を、私は嘆いた。

だが、並行して発表した乱歩賞書き下ろしシリーズ第一作の『密閉山脈』が好評で、『新幹線殺人事件』のお蔵入りによるダメージを補ってくれた。

昭和四十五年（一九七〇）、ようやく光文社争議が妥結して、業務再開となり、待ちに待った『新幹線殺人事件』が争議後の第一作として出版された。

当時、光文社の手持ちの新作は『新幹線殺人事件』しかなかったという。大藪春彦氏の『復讐の弾道』と共に、『新幹線殺人事件』は主要全国紙に全五段の広告をもって華々しく発売された。

四十五年三月から開催された大阪万博を題材にした『新幹線殺人事

件』は光文社の営業再開に向ける熱い意気込みと歩調を揃えて、発売一週間にして二十万部を突破するベストセラーに駆け登った。

『新幹線殺人事件』がベストセラー路線を驀進《ばくしん》していたころ、十一月二十五日、古巣のホテルニューオータニで、当時、光文社の契約記者をしていた大下英治氏と用談中、三島由紀夫が市ヶ谷の自衛隊駐屯地で割腹自殺をしたというニュースが入った。

カッパ・ノベルス編集部は、つづけて私に書き下ろしの執筆依頼をした。こうして『東京空港殺人事件』『超高層ホテル殺人事件』と、新幹線、空港、ホテルの三点旅行セット・シリーズが生まれた。

当時はまだトラベル・ミステリーという言葉はなかった。

ほぼ時期を同じくして創刊された「週刊小説」（実業之日本社）の

峯島編集長が、週七十枚の連載を持ちかけてきた。

文芸誌は月刊と相場が決まっていたが、これを週刊誌でやるということ自体が画期的である上に、週刊誌の小説連載は一回十五、六枚が普通であったのが七十枚と聞いて、束の間無理だとおもった。

だが、峯島編集長は、「週刊小説」の成否は週単位でボリュームのある小説を読者に提供できるか否かにかかる。ぜひともお願いしたいと引き下がらなかった。

駆け出しにそのような大役を仰せつけられて、私は発奮した。こうしてスタートしたのが『日本アルプス殺人事件』である。『密閉山脈』が好評であったので、三点旅行セットの次には山を配した。だが、毎週七十枚の連載は死ぬおもいであった。集中連載という言葉はこのとき発明された。

他誌にも連載を抱えていたので、毎日が締切日のような状態になった。だが、それこそ私が求めていたものであった。

雌伏時代に書き蓄えた怨稿は、多少手を加えて、すべて嫁入り先が決まり、いまは一枚も残っていない。どんなに多忙を極めようと、すべて自分の意志から発した多忙である。

『新幹線殺人事件』以後、私の生活は一変した。受賞後、開店休業状態が別の世界のことのように超多忙を極めた。

「週刊小説」を皮切りに、「週刊サンケイ」「サンデー毎日」「週刊現代」「週刊ポスト」等、週刊誌から相前後して執筆依頼がきた。週七十枚の連載小説に加えて、各文芸誌の短編を抱えた上に、週刊誌四本の連載に耐えられるかどうか不安があったが、私はすべて引き受けた。

各社の編集者が訪問して来た。各出版社に原稿を持ち込み歩いて玄関払いを食わされた時代と逆になった。大手出版社の編集者が、わざわざ足を運んで、執筆依頼をしてくれる。無名時代、こちらが原稿料を払ってでも活字にしてもらいたいと願っていた原稿を、まるで鶏の尻に笊を当てて卵を持って行くように、原稿を書くそばから取って行った。どのメディアも不遇時代、夢にまで見た檜舞台である。こんな有り難いニーズを断っては、罰が当たるとおもった。

私は物理的にも限界に近い状況で執筆しながら、生きている手応えをおぼえていた。どんなに辛くとも、それはホテルのフロントで立ち腐れていくような虚しい焦燥感とは正反対の感触であった。

不可能なような依頼であっても、長い飢餓期間に干されていた私の胃の腑は、すべてを貪欲につめ込んだ。

さらにその後には月刊誌や、次のまた次の複数の週刊誌連載予定が詰まっていた。執筆予定を考えるとプレッシャーに押しつぶされそうになるので、あえて考えないことにした。

失われた十年弱を取り返すように書きつづけた。実際には、ホテルにおける十年弱は、喪失ではなく、作家としての栄養を吸収していた期間であったが、当時は喪失の期間を取り戻す意識で書いていた。

私が最も量産していた時期、「サンデー毎日」連載の『腐蝕の構造』をもって日本推理作家協会賞を受賞した。同時受賞者が夏樹静子氏であった。選者の故菊村到氏が結婚披露パーティーで祝辞を述べてくれた。

この年の十一月、大阪に発生したトイレットペーパーのパニックは、あっという間に全国に広がり、洗剤や石鹸や砂糖など生活必需品が全国で売り切れとなった。商品が一品もないスーパーのがらんとした陳列棚を見て、私は戦中・戦後の物資欠乏の悪夢をおもいだした。

角川春樹氏との出会い

ある先輩作家が、「この業界は宮仕えとちがって、作家は、この仕事は気に入らないから引き受けないと言えばすむ」と言ったが、私にはそんなことは到底できなかった。

ところが、お座敷《ニーズ》をすべて引き受けていたら、急に書けなくなった。デビュー前とまったく逆の、つまりニーズはあるが書けないスランプに陥ってしまったのである。

私は狼狽《ろうばい》した。ひたすら作家になりたくて、作家以外の何者にもならないと自らに誓っていたあげくに、こんな落とし穴があろうとは予想もしていなかった。

先輩作家は、こんな場合、気分転換《チエンジ・オブ・エア》と称して、デスクから離れ、夜の巷《ちまた》へ梯子《はしご》をしたり、旅行へ出かけたりしていたようであるが、私はデスクにしがみついていた。デスクから離れると、ますます書けなくなるような気がしたからである。そして事実、しがみついている間に、出来具合は別として、書けるようになってきた。

私は次第に上昇気流に乗りつつあった。そんな気流に乗ると、どんな作品を提供しても読まれる。読者は作品ではなく、作者を選んで読んでいるような感じがした。

いったん上昇気流に乗ると、作家以外の摩訶《まか》不思議な力が作用して、自分を持ち上げてくれる。ニーズに追いつかず、柳行李《やなぎごうり》の中に眠っていた原稿を提供しても、玉の輿《こし》に乗った。

むしろ編集者のほうから、行李の中に原稿（怨稿《えんこう》ではない）が残っていたら出してくれと、要求されるようになった。市場《マーケット》が買い手から売り手に逆転した。怨稿どころではなく、玉の輿が殺到した。つまり玉稿《ぎょっこう》である。私は空恐ろしくなった。上昇気流がいつ下降気流に変わるかもしれない。

このような時期、自宅に意外な人物が訪ねて来た。角川春樹氏である。角川氏の郷里の巨大な寒ブリを手土産に、突如訪問して来て、

「我が社が社運を賭して発刊する『野性時代』という文芸誌に、ぜひとも執筆してもらいたい」

と初対面の挨拶《あいさつ》もそこそこに、言った。

大手出版社の次期社長を約束されており、ベストセラーを相次いで刊行している角川春樹氏直接の依頼とあって、私は興奮した。角川氏は、私の目を睨《にら》むように見ながら、

「作家の証明書になるような作品を書いていただきたい」

と言った。

そのとき、私の脳裡に、証明というタイトルが閃光のように走った。角川氏の「証明」という言葉が深く心に刻み込まれた。

角川氏はそんなことを言ったおぼえはないとおっしゃるが、私の記憶にははっきりと残っている。これが角川春樹氏との運命の出会いであった。担当編集者は、それ以前に一度会っていると言うが、私の記憶では、そのときが初の出会いとして強く印象づけられている。

だが、お引き受けはしたものの、「証明」という大きな課題に圧倒されて、締切は刻々と迫ってくるが、一向に構想がまとまらない。

ブリは近所の魚屋にさばいてもらってご近所に配り、平らげてしまった。富山からブリを取り寄せて、角川氏に返し、勘弁してもらおうとおもいつめるほど追い込まれたとき、学生時代、留年中、群馬県霧《きり》

積温泉《づみ》から軽井沢へ山越えしたとき、山宿がつくってくれた弁当の包み紙に書かれていた西條八十の詩、

母さん、僕のあの帽子どうしたでせうね（後略）

の一文が、暗夜の灯台のように、八方閉ざされていた進路をおしえるように照らした。

おもわず私は、おまえはそこから出たいのかと自らに呼びかけた。そうだ、『麦わら帽子』の詩をテーマに、母と子の情愛を軸にしたミステリーを書こうとおもい立った。

それから後は早く、『人間の証明』、六百五十枚を一瀉千里《いっしゃせんり》に書き上

げた。

結局「野性時代」の創刊号には間に合わず、二号から書き始めたように記憶している。

こうして出版された『人間の証明』は、当初出足が鈍かった。だが、角川氏がこれの映画化を大々的に発表してから火がついた。

「母さん、僕のあの帽子どうしたでしょうね？」の詩と共に、活字、映像、音楽をジョイントしてのメディアミックスという、当時斬新なプロモーションで、広く人口に膾炙《かいしや》したので、記憶に残っている方も多いであろう。

当時、日本映画としては破格の製作費十三億円をそそぎ込んで完成した「人間の証明」は、「犬神家の一族」につづいて、観客動員数の記録を破った。

映画と歩調を合わせるように、単行本『人間の証明』も快調に部数を伸ばして、十万部を突破した。

角川氏は単行本に引きつづき、それを文庫化し、初版百万部を打ち出した。初版百万などという数字はいまだに記録されていない。

さすがの角川書店の営業部も驚いて、角川氏を説得し、五十万部からスタートした。

だが、あっという間に売り切れ、増刷が間に合わず、かなりの部数を売り損ない、角川氏の予測が正しかったことを実証した。

当時、角川文庫の総発行点数が約三千点、『人間の証明』を含めて二十五点の私の作品が、関連グッズを含めて百十億、文庫総売上の十分の一を占めたと、後に春樹氏が私に語った。

映画『人間の証明』キャンペーン

映画の封切りに合わせて、「人間の証明」全国縦断サイン会が、全国主要都市十五書店で行なわれ、一都市一店ないし三店、一店平均二百人、約三千人の読者にサインした。

当時から翌年にかけて、角川書店が全社をあげて取り組んでいた『角川日本地名大辞典』キャンペーンとも連動して、午前九時、サイン隊、映画隊、地名辞典隊の三隊が、ホテルから三方に分かれて行動を開始する。

映画隊は佐藤純彌《じゅんや》監督、俳優の松田優作氏、岡田茉莉子氏、映画評論家の黒井和男氏（元角川映画社長）などを角川春樹氏が率い、地名辞典隊は当時専務であった現ＫＡＤＯＫＡＷＡ会長・角川歴彦《つぐひこ》氏が率い、サイン隊は私を中心にしてホテルから出発する。

私は午前中はほとんどテレビに出演したり、インタビューに応じたりする。昼食後は各書店でサイン、時間があれば地名辞典のキャンペーンに顔を出し、各書店の責任者に挨拶をする。午後五時ごろから映画館で映画隊に合流して、佐藤監督や俳優諸氏と共に舞台挨拶に立つ。ホテルに帰着するのは午後八時ごろ。一堂に集まって食事を摂り、酒宴が始まる。

午前零時ごろ、ようやく部屋に引き揚げてくると、書店から山のようにサイン本と色紙が運び込まれている。すべて終えると、午前三時ごろになった。

毎日が嵐のごとく、燃えるごとくだった。こんな毎日が十五日もつづいても疲労をおぼえなかったのは、若かっただけではなく、心身共に充実していたからであろう。

映画や音楽の援護射撃があったとはいえ、この空前のフェスティバルの中心には原作がある。私はただ上昇気流に身を任せているだけでよかった。

私は空恐ろしくなった。ブームは高まる一方で、『人間の証明』は角川書店以外の出版社からも発行されて、総計七百七十万部の記録を残した。中国でも海賊出版ながら、日本の二倍の千五百万部以上と推測された。

『野性の証明』と高倉健氏

キャンペーンから自分の仕事場に帰って来ても、興奮が尾を引いていて、なかなか元の穴に潜り込めない。祭りと独りの沈潜は両極点のようにかけ離れていた。

だが、ブームは『青春の証明』を挟んで、『野性の証明』へと延長した。角川春樹氏は『人間の証明』の成功を踏まえて、『野性の証明』の映画化を決定した。監督も同じ佐藤純彌氏である。

日本自衛隊の協力が得られなかったので、ロケはアメリカで行なわれた。

撮影のために厳しい体力テストを課して、選ばれた二百名の野性軍団を自衛隊習志野第一空挺団に入隊させて、特殊訓練を施す一方、特殊工作隊に扮する最強の二十名を伊豆海洋公園ほか各地で基礎訓練の後、四月十日よりキャンプ・ロバーツにおいて、米軍のグリンベレーが実戦訓練を行なって鍛え上げた。この二百名中、自衛隊のレンジャー出身者が四名いた。

私も「野性の証明」ロケに同行して、撮影現場を見学した。

撮影には米軍が協力して、ラストシーンの約二十分は、既成軍団に配するM48型戦車十両、ヘリコプター、ジェットレンジャー五機、各種銃火器を動員して実弾をふんだんに撃ちまくる。このラストシーンだけに四億八千万円が投入された。

日本ではできないことが、金さえ出せばアメリカではできる。反戦映画でも米軍は協力する。

実戦そのもののリアルなロケ現場は、圧倒的なリアリティがあった。アメリカまでロケに行った甲斐があったというものである。

折しも、この原稿を執筆中、高倉健氏の訃報に接した。まさかと愕《がく》然《ぜん》としながらも、『野性の証明』映画化で、アメリカロケ中、健さんに一週間ほど同行したことをおもいだした。その間、佐藤純彌監督以下、俳優や、野性軍団十六名を加えて、実戦さながらのロケ中、健さんの目配り、心配りは実に行き届いたもので、一同の団結力の軸となった。そして、ロケーションは成功裡《り》に終わった。

帰国後、『野性の証明』映画完成を記念して、全国十八都市、二十五書店、約二十日間にわたるサイン会が行なわれた。このサイン会には、角川春樹プロデューサー、当時の専務角川歴彦氏、佐藤監督、高倉健氏、夏八木勲氏、中野良子氏、舘ひろし氏、野性軍団十六名の映画キャンペーン部隊が同行した。これほどスケールの大きなサイン会と映画キャンペーンはない。この間、約二十日間、高倉健氏と同行して驚くべき側面を見た。

キャンペーン中、朝食を摂《と》るためホテルの食堂へ下りて行くと、いつも高倉健氏が直立不動の姿勢を取って、私を待っていた。アメリカロケでは、未明のうちにホテルを出る撮影部隊とは時間差があり、健さんたちと食堂で顔を合わせるようなことはなかった。

キャンペーン中、「原作者が席に着くまでは坐《すわ》りません」と健さんは言った。健さんが坐らなければ俳優陣も野性軍団も坐らない。私は途方に暮れて、「どうかお坐りください」と懇願しても、健さんは毎朝、同じ姿勢で私を迎えた。ならば健さんより先に食堂へ行っていれば、健さん以下ご一同様にご迷惑な姿勢を取らせることはあるまいと、食堂一番乗りを志したが、健さんはいつも私よりも前に食堂に入って同じ姿勢を取っていた。

健さんは日本人だけではなく、グローバルに永遠である。きっとあちらへ逝っても謙虚な直立不動の姿勢を取っているにちがいない。この世の滞在期間は終わっても、我が脳裏に刻みつけられた健さんは永遠の偶像である。八十三歳のこの世の滞在期間が短くおもえるのも、私の偶像となって生きているからである。健さんこそ、まさに「この道」を究めた人であり、「我らはいづくより来たり、いづくへ行くか」の問いに答える永遠の求道者であった。

作家、文芸を芸道に含めれば、芸を追求する者は求道者である。求道者に終着駅はない。特に文芸にとって最も未知数の条件は、表現の自由である。表現の自由を阻止、あるいは制限、強制などされれば、本来の文芸ではなくなり、まさに文弱となる。

「野性の証明」キャンペーンは、「人間の証明」時のサイン会で行なったキャンペーンよりも、一段と規模を大きくしたイベントとなった。

この時期は我が人生の全盛期と言ってもよいであろう。

だが、全盛期とはいえ、デビュー後『野性の証明』までまだ八年、著作は七十三冊しかない。それも各社に分散してあり、角川書店に精一杯集めても五十冊しかない。なにを出しても、あっという間に数十万部に達する異常なブームに遭遇しながら、著作本が絶対的に不足していた。

角川春樹氏以下、営業部は歯ぎしりをするおもいであったという。

私は先のことは考えず、すべてを「証明」キャンペーンに投入した。証明の嵐がようやくおさまったとき、私には出版すべき手持ちの本がなにもなかった。まさに完全燃焼した感があった。

だが、有り難いことに、各社からの執筆依頼が続々とつづいた。激戦に弾切れになった後、頼もしい補給が来たような気がした。

『人間の証明』がヒットした年の暮、ＮＨＫ紅白歌合戦から審査員に選ばれた。だが小説一筋をポリシーにしていた私は謝絶した。

人生の節目の鍵

私は「証明」三部作を書くまでは、小説というものは一人で書くものと信じていた。だが、「証明」以後、たしかに執筆は一人であるが、小説を産む触媒は出会いであることを知った。

角川春樹氏は、映画は出会いの芸術であると言ったが、小説も映画ほどではないが、出会いの産物である。特に人間、資料、事件、風景などとの出会いが作品を産む契機となった。

書き手は自分であるが、その源や契機《きっかけ》、完結《ジ・エンド》までの牽引《けんいん》力などは、自分以外の人から与えられるケースもあることを知った。

それは必ずしも作家に限らない。人間として生を受け、人生という軌道、あるいは無軌道を、それぞれのターミナルまで生きる間には節がある。人はその節を突破しながら生きていく。

途中の節を乗り越えられぬままに、そこで終わる人もいるが、節を超える鍵は、必ずしも自力で見つけるとは限らず、他人が渡してくれることもある。

私の場合、駆け出して間もない大きな節を開く鍵を角川氏が渡してくれて、ペンが行きづまったとき、西條八十の古い詩が突破してくれた。

「証明」前には、青樹社の那須英三氏との出会い、後年の『悪魔の飽食』は七三一部隊との出会い、一連の時代・歴史小説を書く契機となったのは、当時、「週刊朝日」編集部におられた作家・重金敦之氏との出会い、『魂の切影』は歌人・故宮田美乃里氏との出会いなどがある。

また各担当編集者との出会いによって生まれた作品も多い。

人生の節目節目の鍵は、他人が密《ひそ》かに、あるいは華やかに渡してくれることもある。せっかくの人生を、一人の殻に閉じ籠《こ》もっていては、他人から鍵を渡してもらえない。出会いには自発型と他発型がある。

前者の方が積極的で効率がよい。

作家になっていちばんまいったのは、読書時間が絶対的に減ったことであった。作家になる前は一日、少なくとも長編一冊、休日には数冊読んでいたのが、月に数冊も読めない。読むものは資料本や取材データばかりである。

文学賞の選考委員になって、応募原稿を読む機会には恵まれるが、これは読書とは言えまい。

作家になってから、かなりの献本や贈本を受けるが、本の山に囲まれながら読む時間がない。

ホテルマン時代、多数の外国人に接しながら、極めて貧弱な英会話しか交わさなかったのに似ている。つまり、英語は話しても、ほとんどホテルの宿泊に関する会話であり、せいぜい観光案内をするくらいである。政治や経済や芸術や、人生について深く語ることはない。ホテルのフロントで流暢《りゅうちょう》に話しているように見えても、同じフレーズを繰り返しているだけにすぎない。私はホテルマン時代の九年間を、私の英語鎖国時代と呼んでいる。

後年、『悪魔の飽食』を発表して、世界各国からジャーナリストが取材に来たが、大学英米文学部卒業後、ホテルで九年磨いたはずの英語がまったく役立たなかった。そのとき受けた衝撃は大きかった。

ホテルマン時代は狭い業界でのつき合い以外は、お客との交際であったが、それはあくまでもホテル内に関するおつき合いであった。

これをホテルの外に延長しようとすると、悲劇が生ずる。

新入社員教育において、お客とホテル社員の経済力の差は十対一ないし百対一とおもえとおしえられた。お客がどんなに親しげに接してくれても、その経済力の差をわきまえていれば悲劇は生じない。これを忘れて、ホテル外でプライベートな関係に入り、身を滅ぼしたホテルマンもいる。

ホテルでの出会いは、どんなに親しくなっても、「そこ《ホテル》」だけというおつき合いが多い。つまり、たがいの人生に関わり合わない関係である。

ホテルを出てから出版界やマスコミ関係を中心とした各方面の人たちとの交際が広がるに及んで、一種の精神の異種格闘技戦のような緊張をおぼえた。ホテルマン時代にはなかった緊張である。

たとえば打撃系の選手が寝業系の選手と試合をすると、寝業に強くなるという。その逆も同じである。

作家に転業してから、和田義彦氏を通して絵画、池辺晋一郎氏を介して音楽、大内順子氏を通してファッション、鳩山邦夫氏から政界、梁瀬次郎氏から自動車業界、北の湖理事長を窓にして角界への、三波春夫氏や坂本冬美氏を橋にして演歌、榎木孝明氏や津川雅彦氏によって映画・芸能、森下洋子氏からバレエなどへの新しい視野を開いてもらった。

また医学や法律、財界、各方面などにもパイプができて、私の作品世界を支えてくれた。

本書は、株式会社KADOKAWAのご厚意により、角川文庫『遠い昨日、近い昔』を底本としました。但し、頁数の都合により、上巻・下巻の二分冊といたしました。

遠い昨日、近い昔　上
(大活字本シリーズ)

2024年5月20日発行（限定部数700部）

底　本　角川文庫『遠い昨日、近い昔』

定　価　（本体2,800円＋税）

著　者　森村　誠一

発行者　並木　則康

発行所　社会福祉法人　埼玉福祉会

埼玉県新座市堀ノ内3—7—31　〒352—0023

電話　048—481—2181

振替　00160—3—24404

印刷製本所　社会福祉法人　埼玉福祉会　印刷事業部

ISBN 978-4-86596-650-3

大活字本シリーズ発刊の趣意

現在，全国で65才以上の高齢者は1,240万人にも及び，我が国も先進諸国なみに高齢化社会になってまいりました。これらの人々は，多かれ少なかれ視力が衰えてきております。また一方，視力障害者のうちの約半数は弱視障害者で，18万人を数えますが，全盲と弱視の割合は，医学の進歩によって弱視者が増える傾向にあると言われております。

私どもの社会生活は，職業上も，文化生活上も，活字を除外しては考えられません。拡大鏡や拡大テレビなどを使用しても，眼の疲労は早く，活字が大きいことが一番望まれています。しかしながら，大きな活字で組みますと，ページ数が増大し，かつ販売部数がそれほどまとまらないので，いきおいコスト高となってしまうために，どこの出版社でも発行に踏み切れないのが実態であります。

埼玉福祉会は，老人や弱視者に少しでも読み易い大活字本を提供することを念願とし，身体障害者の働く工場を母胎として，製作し発行することに踏み切りました。

何卒，強力なご支援をいただき，図書館・盲学校・弱視学級のある学校・福祉センター・老人ホーム・病院等々に広く普及し，多くの人人に利用されることを切望してやみません。